テイスト・テイスト

坂井朱生

幻冬舎ルチル文庫

CONTENTS ✦目次✦

ロマンティスト・テイスト

✦カバーデザイン＝小菅ひとみ（CoCo.Design）
✦ブックデザイン＝まるか工房

イラスト・麻々原絵里依

ロマンティスト・テイスト

◇プロローグ◇

「あんたも、もう十四歳でしょ。おとななんだから、自分のことは自分でできるわよね？」

せっせと荷づくりする母親は、晶《あきら》の顔も見ずに言った。

彼女はこれから、好きな男とともに新しい生活をはじめるらしい。誰と行くともどこへ行くとも説明せず、ただ「私はいなくなるけど、大丈夫よね」と決定事項を告げただけだった。あとはひたすら持ちだす荷物を選ぶのに忙しく、ろくに話もしない。手を止めてふと思いだしたように言ったのが、自分でできるだろうという言葉だ。

子どもを捨てていくのが気まずくて目をあわせられないとか、そんな理由ではない。ただ、荷づくりに夢中なだけだ。荷づくりと、ここを出てはじまる新しい生活のあれこれで、頭がいっぱいなのだ。

彼女はそういう人間だった。頼るあてがどこにもないまま残される息子が、これからどうなるかなんて、考えてもいないに違いない。「自分でできる」と思っているから、心配などする必要もないのだ。

これからどうしたらいいかなどと訊《き》いてみても、彼女はいつものように首を傾《かし》げて「わからない」「自分で考えなさい」と言うだけだろう。

だから晶はただ、

「そうだね」

と、一言言ったきり黙って荷づくりを手伝った。

近所ではよくできた子だと褒められ、同級生の女の子たちには顔も頭もよくてしっかりしていると憧れもされる岡野《おかの》晶も、彼女にとってはただの子どもにすぎない。

彼女によく似た綺麗《きれい》な顔も、細い身体《からだ》も腕も年齢さえも、彼女をひきとめる理由にはならない。

お気にいりの家具やカーテン、そんなものと一緒なのだ。大切ではあるが、置いていけないものでもない。

彼女は決して、晶が嫌いなのではない。ただ、晶より好きな男を見つけただけだ。彼女の世界から晶という存在がはじきだされ、まるで幽霊かなにかのように、晶は彼女の視界からすっきりと消された。

一人とり残された部屋で、晶はひたすら彼女を待った。一歩も外に出ず、電話の音に耳をそばだて、ひょっとして気まぐれをおこして戻ってくるのではないかと、微《かす》かな期待を胸に膝《ひざ》を抱えて待ちつづけた。

そうして、三日。

晶は一人で生きていくことを決意した。泣きたい気持ちも喚《わめ》きたい気持ちも、誰かれかまわず罵《ののし》りたい気持ちもこらえ、彼女が晶を捨てたように、晶もまた、子どもの自分を捨ててしまった。

捨てるしか、なかった。

煩《うるさ》いほどセミが鳴く、暑い夏だった。

晶のアルバイト先『シルク』は昼夜営業のレストランバーだ。こぢんまりとした店がまえながら、おちついた雰囲気と味のよさが評判だ。価格帯も低く抑えてあるから、客の入りも悪くない。

「晶、これ四番に持っていって」

客の帰ったテーブルを片づけて戻ると、チーフの高見《たかみ》からすぐさま次の指示がくる。店はほぼ満席で、従業員は忙しい。ありがたい話だろうが、疲労のたまりきった晶にとっては迷惑だ。

「へーい」

「返事が悪い」

おざなりな返事をした晶の背中に、ぱしっと平手が飛んでくる。押された勢いで数歩、まえにのめった。

「おいおい大丈夫か、脚がよれってるぞ」

「平気です。――たぶん」

最後の『たぶん』は聞かれないように言って、晶はグラスとサラダの盛られたボールをトレイに載せる。心配げな高見に「大丈夫だ」とサインを送り、フロアに出ていく。

ここはもともと晶の母親の行きつけの店だった。彼女はマスターと懇意にしていて、出ていったときにはここのバーテンダーと一緒だったのだ。しかもマスター自身、晶の母親に懸想していたらしく、駆けおちを薄々感づきながらも黙って見逃したような様子だった。

晶はあとからそれを知り、マスターをなかば脅し、なかば泣きおとして強引にアルバイトとして雇ってもらった。

中学中退の未成年、両親、保証人ともになしという境遇では、結局のところ水商売がいちばん実入りがいい。肉体労働という手もないではないが、悲しいことに体力に欠ける晶には、自分一人の食い扶持《ぶち》でさえ稼ぎだすのは難しい。

はじめのうちは昼間のレストランでのウェイター、夜は雑用のみだったが、昨年からバーのウェイターとして夜専門で働いている。

母親がいなくなってから四年。当時中学生だった晶も、この夏で十八歳になった。

猫のように端の切れあがった黒く大きな瞳や長い睫毛《まつげ》、やや厚めの唇。柔らかいカーブを描いた頬《ほお》のライン。アルバイト仲間が「黙っていれば美少女モデル」というほど飛びぬけて綺麗な容貌に加え、華奢《きゃしゃ》な身体は上背《うわぜい》こそ高いほうだが縦にばかり伸びて横幅が足りず、剝《む》きだしの腕や脚、肩もいっそ頼りなげなほどほっそりしている。

これればかりは低すぎるくらいに低い声もなめらかで耳に心地よく、そうした晶の姿は客商売においても私生活においても、なにかと役にたっていた。

綺麗で男くささとは無縁な容姿は男にも女にも危機感を抱《いだ》かせないもので、そのうえ頼りなさが庇護《ひご》欲をそそるらしい。

ときおり、その気《け》のある男に迫られたり、街中で意味もなく絡まれることもないではないが、それも場数を踏むうちに躱《かわ》しかたを覚えた。

銀縁の伊達《だて》メガネをかけ前髪をムースで固めあげ、モノトーンの制服を着ていれば、どうにか年齢も誤魔化《ごまか》しがきく。客のまえでは二十一歳と偽りつつ、なんとか平穏な日々をすごしていた。

だが、ここへきて厄介な問題が持ちあがった。

晶と夏とはどうやら徹底的に相性が悪いらしい。真夏生まれだというのに、よくないことが起きるのは決まってこの季節だった。

フロアから戻ってくると、カウンターに座った女性が晶へ手招きをした。常連客の一人だ。

「晶クン、家探してるんだって？」

「よくご存じですね」

「そりゃあね。噂《うわさ》、広がりまくってるもん」

同じ質問を受けたのは今夜だけでもう三度目だ。トータルで数えれば十は軽く越えるだろう。うんざりしているのを隠し、晶はにっこりと笑ってみせた。

「はは、どこかいい物件あったら教えてください」

母親がいたころから暮らしていたアパートは、もはや老朽化などという言葉では語れないほど古く、これまで幾度も建てかえの話がでては住民の反対で消えていた。だから今回もどうせまたなくなるだろうと暢気《のんき》にかまえていたのだが、今度という今度は本当らしい。

退居の期限まであと一カ月しかない。それなりに貯金はあるし、事情が事情だけに引越し費用やその他の金額は大家からでるらしいが、晶にとって問題なのは金ではなく、自分の状況だった。

家賃はできるだけ抑えたいし、免許がないから駅からあまり遠いのも困る。けれど晶には保証人はなく仕事はアルバイト店員、おまけに未成年と悪条件が揃《そろ》いすぎている。

（俺にどうしろっての、まったく）

退居の通知を受けた翌日から不動産屋巡りはもちろん、マスターや従業員たちにも心あたりを聞いてはいるが、成果は一向にあがらない。急場しのぎに転がりこめるような知人のあてもなかった。

もともと体力があるとは言いがたい晶は、長い猛暑とこのところのアパート探しで寝不足が続き、疲労は限界までたまっている。気力だけでどうにか仕事をこなしているような状態で、頭もうまく働かなかった。身につけた愛想笑いもひき攣《つ》りがちで、どうかすると客に話しかけられるだけで意味もなく腹がたつことさえあった。

生来《せいらい》、気が短いのに加えて、こらえ性《しょう》もなくなってきている。

（あー……、キツい）

誤魔化した年齢でさえ店ではいちばん下で、従業員仲間や常連客にはマスコット扱いされていて、相談ごとを酒の肴《さかな》や世間話にされるのもしかたないかもしれないが、本気で困っているのを茶化し半分で言われて、嬉《うれ》しいはずがない。

貴重な職場を失うわけにはいかず、どうにか話を受けながして注文をとり、酒や料理を運び、手のあいた時間を利用してシンクにたまったグラスや食器類を洗った。

「うわっ、と」

ぼんやりしたまま手を動かしていたせいで、洗っていたグラスを落としそうになる。

「晶、奥行ってタオルとってきてくれるか」

「あっ、はい。ちょっと待ってください」

高見に言われて、晶は泡だらけの手をとめた。

「そんで、ついでにちっと休んでこい。マスターには適当に言っとくから。おまえ、すげえ顔色悪いぞ」

「すみません」

こっそり耳打ちしてくれた高見に、晶は軽く頭をさげた。

言われたとおり、ひと休みさせてもらうのもいいかもしれない。メガネを外し髪を掻《か》きみだして伸びをすると、ほんの少しだが強張《こわば》った身体が楽になれたような気がした。

それにしても、はっきりわかるほど疲れた顔をしていたのだろうか。他人に気づかれるなど、ウェイター失格だ。

どうやら、自分で思う以上に憔悴《しょうすい》しているらしい。晶は苦いため息をこぼし、休憩をとりに事務室へ向かった。

「……ん？」

ドアを開けると、見憶えのない男がいた。ソファで長い脚を持てあますように座っていた。脇《わき》には茶封筒が置かれ、男の手には数枚の書類が持たれている。

男はドア口で立ちどまった晶を、下から眺めてきた。三十代なかばほどだろうか。なにがあったか知らないが、ひどく不機嫌そうだ。晶に向けた視線もずいぶん険しい。

長身とそれに見あうだけの体格に陽《ひ》に灼《や》けた肌、麻のシャツとボトムというラフな恰好《かっこう》は険のある目つきと相俟《あいま》って、いわゆる会社員には見えない。かといってちゃらちゃらと遊んでいるようでもなく、とにかくおちついて静かな気配があった。

その筋の、それも幹部だと言われても頷《うなず》けてしまう。じっと見据えられると、足が竦《すく》んでしまいそうだ。

店の客ではなさそうだが、出入りの業者にしても記憶にない。

「――なんだ、男か」

男は呟《つぶや》くように言って、それきり興味なさげに視線を書類へ戻した。

視線が逸《そ》れたとたん、身体の力が抜けて膝が砕けそうになる。どうやら、かなり緊張していたらしい。

（なんだ、コイツ）

最初の緊張が解けると、猛烈に腹がたってきた。

この男は誰で、ここでなにをしている。いやそれよりどうして自分がこんな言われかたをしなくてはならない。

いつもならこの程度で怒ったりしない。女と間違われるのも今さらだ。けれど今の晶は剝きだしの神経がささくれだっているような状態だった。仕事中ですら愛想笑いがひき攣るというのに、見ずしらずの男に喧嘩《けんか》を売られて黙っていられるほどおとなしくはない。

柔らかな面差《おもざ》しの印象とは真逆で、晶はかなり気が短いし手も早い。売られた喧嘩は三倍で返すようなタチだ。酒場のアルバイトで鍛えられ上手《うま》く躱す術《すべ》も覚えたが、疲れている今は自分を抑えられない。

「あんた、視力いくつだよ。こんな恰好した女がいるかっての」

「失礼。視力は悪くないはずなんだが」

言葉とは裏腹に、まるで悪いなどと思っていない平坦な声だ。

「――っ」

ムカつく野郎だ。

店の制服を着ているのに、女と間違えるほうがどうかしている。本当に間違えたのかどうか、あやしいところだ。

「ここの従業員か」

ドア口に立ったきり入るでも出るでもない晶を不審がったのか、男がふたたび口を開いた。

「従業員で悪いかよ。ところで、ここは関係者以外立入禁止なんだけど。あんた誰?」

「立入禁止、ね」

晶がいくら睨《にら》みつけても、男は平然と受けながした。それどころか鼻で笑っている。軽くあしらわれて、ますます怒りはつのるばかりだ。うっかり殴らないように、晶は拳《こぶし》を強く握りしめ、懸命にこらえた。

いくらなんでも、店の中で喧嘩沙汰《ざた》はまずい。

「無視しないで答えろよ」

「なんだ?」

「あんたは誰だって訊いてんの。勝手に入られちゃ困るんだけど」

「勝手に入ったわけじゃねえよ。誰かって、おまえに言う必要もないが、まあいいか。便利屋だ」

「便利屋だぁ?」

ゴミだしだの犬の散歩だの雑用をひきうけているとかいう、あの便利屋だろうか。目のまえの男とその業務があまりに不似合いで、意外すぎる。晶は思わず怒りも忘れ、ぽかんと口を開けた。

「なんだ、不満か」

「ヤの字の人かと思ったんだよ」

胸中をそのまま口にだしてしまい、晶は慌てて口を押さえた。が、男はそんな誤解に慣れてでもいるのか、やっぱりなと言いたげに口元を歪《ゆが》める。

あらためて眺めてみればいい男だ。晶とは正反対に男くさく、粗削りだが端整な顔である。これで目つきが悪くなければ言うことなしなのに、つくづく惜しい。

目を眇《すが》めた表情は物騒きわまりなく、こんな目で見られては女も、男だって近寄るどころかダッシュで逃げてしまいたくなる。

「で、その便利屋さんとやらが、なんでこんなところにいるんだよ」

観察していたつもりが、いつのまにか男に見入っていた。

(男に見惚《みと》れてどうすんだっての)

バツが悪い。晶はさっと顔を背けた。男は晶の問いには答えないまま、また書類を見はじめた。

「おい、聞こえないのかよ」

「聞こえてる」

「そんじゃ無視すんなってば」

声をやや荒らげると、男は答えるのも面倒なのか、書類とともに摑《つか》んでいた紙片を晶へと突きだしてきた。

名刺だ。『木槻《きづき》総合サービス　木槻孝平《こうへい》』とある。連絡先と名前だけ、素《そ》っ気《け》ない紙面だ。

「キヅキコウヘイ、ね。へえ、社長さんか」

名前に肩書きは書かれていないが、社名と苗字が同じなのだから経営者本人か縁続きでもあるのだろうと見当をつける。どうりで、態度が横柄なはずだ。

（って、名前訊いたわけじゃないんだけど）

晶は名刺を男――木槻に返そうとした。

「返さなくていい。どうせ余ってる」

「もらう理由ないだろ」

たかが紙一枚だ。拒否する理由もないのだが、うけとってしまえばさっき木槻に見惚れていたのに気づかれたように思えて、どうにも素直に頷けない。

「そうか。だが渡したものをひっこめるのは好きじゃなくてな」

「なんだよそれ」

ほんの一瞬、木槻の表情が変わった。眉をあげたどこか楽しげなそれは、けれどすぐに消えてしまう。

「ウチはなんでもひきうけるからな。なにかあったら相談にのるぞ」

「別になんも困ってねーよ」

わざわざ対価を払って些細《ささい》な用事を頼めるほど、晶の生活に余裕はない。むしろ自分自身が仕事をうけたいくらいだ。

目のまえで破ってやろうか。ろくでもない考えが頭をよぎるが、あまりにも子どもじみている。よくよく考えれば事務室に通されているのだから店長の客かなにかだろうし、喧嘩を売っていい相手ではない。

やっぱり、暑さと疲労で頭が相当やられている。まともに考えるのさえ難しいようだ。不動産屋巡りも必要だが、仕事まで失ってはまずすぎる。次の休みには一日たっぷり寝るしかなさそうだ。

晶はうけとった名刺をポケットにしまった。別にとっておくわけじゃない。渡した相手のまえで捨てられないだけだ。

「ところでな。俺は暇をつぶしてるんじゃなく、仕事でここに来てるんだ。詮索《せんさく》はこのあたりで勘弁してもらえるとありがたいね」

木槻はいい加減面倒だとでもいうように、嘆息まじりで言った。これ以上喋《しゃべ》る気はないらしい。それにしても、とりつく島のない言いぐさだった。まるで、煩い子どもでも相手にしているようだ。

「……っ、そりゃどうも邪魔したなっ！」

晶はずかずかと奥へ入り備品の棚にあるタオルの束を乱暴に摑んだ。腹だちまぎれに荒々しい足音をたてて事務室を去る。これで休憩はパアだ。それでも、これ以上一分一秒だってあの男と一緒にいたくない。

「あーあ……」

フロアにでるのに、仏頂面《ぶっちょうづら》ではまずい。両手で軽く頰をはたき、強張った顔でどうにか笑みをつくってみる。メガネをかけ直して大きく深呼吸すると、営業用の表情に戻してカウンターの内側へ入った。

「おい、もう戻ってきたのか。まだ休んでていいんだぞ」

早々に戻った晶へ、高見が首を傾げている。そうは言っても店は盛況で、空いているのはカウンター席が二人分だけだ。小声で話をしながらも、高見の手は忙しく動いている。

晶は接客を高見に任せ、たまりきった洗いものを片づけるためにシンクへ腕を突っこんだ。

「なんか事務室にお客さんみたいで、休めなかったんですよ。それに、忙しいでしょ？　今晩くらい保《も》ちますよ」

「客だぁ？　あんなところにか」

「そうなんです。誰が連れてったのかは知りませんけど」

持ってきたタオルはカウンターの下へ押しこみ、晶は山積みの皿やグラスを洗いながらしていく。

「ま、中に通したってんならマスターだろうな。で、オンナか？　なんか最近、誰だかに入れあげてるらしいじゃん」

高見が小指を立てて言った。

「その仕草、オッサンくさいですよ。外れ、野郎でした。しかもこれが無愛想で。――あれ」

用がすんだのか手持ち無沙汰で飽きたのか。噂をすればなんとやらで、木槻が奥から姿を現した。てっきり出ていくのだと思ったが、なんの用なのか晶のまえで足をとめ、あろうことかカウンター席に腰をおろした。

「……水割り。薄めで頼む」

「――――」

なにが「水割り」だ、この野郎。

心の中で小さく悪態をつく。

晶は注文に返事もせず、それどころか顔をあげもしないまま、黙って手を動かした。ひどい応対に、高見が晶と木槻とを交互に見比べ、困惑を浮かべる。

「おい、食器なんかあとでいいから先につくれよ」

「高見さん、お願いします」

「おまえをご指名みたいじゃんか」

キャバクラでもあるまいし。晶は高見の言いように顔を顰《しか》めた。たしかに木槻はまっすぐ晶を見ている。しかたなく手を洗い、ボトルを手にとった。

「――どうぞ」

木槻とは目をあわせないまま、注文の品をつくって渡した。さっきの意趣返しに、薄くと頼まれたのを聞かないふりで、相当に濃くしてある。

怒りに任せた嫌がらせは、したとたんに後悔する。けれどもうだしてしまって、今さらひっこみがつかない。

どうやって誤魔化したものか、晶は表情を変えないまま必死で考えを巡らせた。

(うっかりした、しかないか)

あとはひたすら謝る以外、なにもない。

「さっきは悪かったな」

木槻が唐突に言った。ここで謝られると、ますます立場がまずい。

「いえ、別に」

「怒らせるつもりはなかったんだが、どうも口が巧《うま》くなくてな」

「そうですか」

せっかくもらえた休憩で気分を変えたかったのを、木槻に邪魔された。この男のせいではないと頭ではわかっているし、自分の態度もたいがいひどいものだった。

結局、調子が悪かったのをこの男にやつあたりしただけだが、いつも以上にカッとなりやすくなっている。自分で自分をコントロールできないなど、客商売ではもってのほかだ。

木槻が水割りを一口舐《な》め、眉根《まゆね》を寄せた。

「おまえ」

「なんでしょう?」

ここは徹底的に空惚《そらとぼ》けるしかない。晶は素知らぬふりで訊《たず》ねた。

「いや、いい」

てっきり罵倒《ばとう》が返ってくるものと身構えていたが、木槻はそこで言葉を切った。

黙られては拍子抜けする。おまけに、あるかないかの罪悪感まで、ちくちくと胸を刺しだした。

木槻は濃すぎる水割りをずいぶんと時間をかけて呑みほし、その後はなにも言わないまま、ふらりと店を出ていった。

「なんだったんだ、あの男」

晶と木槻のやりとりを興味深げに眺めていた高見は、木槻の姿が消えるとさっそく、晶へ訊ねてきた。

「さあ。俺だって知りませんよ」

どうしてわざわざ晶のまえに座ったのか、こちらのほうが訊きたいくらいだ。

「おまえに気があったりしてな。いつだったか、おまえのあと追いかけまわしてる気色《きしょく》悪いヤツいただろ。あんなのじゃないの」

「そういうんじゃありませんって。あのツラですからね、女くらいいるでしょ」

「おっかねえ男じゃんよ。あんなで女寄りつくかあ？」

「そういうのがいいって人、わりといるでしょ」

晶はさきほど自分が抱いた感想とはまるで反対の言葉を告げた。

「やけに庇《かば》うな。気にいった？」

まさか。そのまったく逆だ。

「それより、なんかマスターこっち見てますよ。さぼってるとドヤされる」

いつからいたのか、店長はちらちらと晶のほうを見ている。なにかしでかしたかと自分に問いかえすまでもなく、木槻との一件だろうと想像はついた。

直接あの男に聞かされたか、さきほどまでの態度のせいか。いずれにしろ、いい話ではあるまい。

「あ、そうだな。あの男、なにかヤバそうだったら相談しろよ」

「平気ですってば」

木槻とはどうせもう会うこともないだろう。不愉快な時間などさっさと忘れてしまうにかぎる。

晶はまだもの問いたげな高見を苦笑いで遮ると、目のまえの仕事に集中しようとつとめた。

＊　＊　＊

ぐっすり眠っている晶の身体を、誰かがしきりに揺さぶっている。

「……おい、起きてくれ。……おいって」

「……なんだよぉ。……うるさい……」

八時間立ちどおし、動きどおしの仕事は楽ではない。ぐったり疲れた身体を好きなだけ休ませても、誰に文句を言われる筋合いもない。

（——っと。あれ？）

ここは晶の部屋だ。母親は四年まえに出ていったきり音沙汰はなく、今ではたして生きているのかどうかすら定かではない。

一人暮らしの部屋に、いったい誰がいるのだろう。

寝惚《ねぼ》けた頭はぼうっと霞《かす》んで、はっきりしない。晶は眉を顰《ひそ》めて目を開けた。

「うわっ」

至近距離に男の顔を見つけ、ぎょっとして跳ねおきる。

「やっと起きたか」

「あんた誰……だっけ、じゃなくてっ！」

忘れようもない、この無愛想な顔。驚いてよく見てみれば、昨晩さんざん面倒をかけてくれた男だった。

「朝っぱらから脅かすなよっ」

「――あのなあ」

木槻がため息をつき、その場に座りこんだ。

「本当に憶《おぼ》えてないのか」

「木槻、だろ。ちょっと寝惚けてただけだ。忘れるわけないだろ」

晶は不機嫌も露《あら》わに自分の寝乱れた髪を掻きまわした。

「そりゃよかった。で、俺はなにがどうなってるんだかさっぱりわからないんだが」

「そりゃそうだろ、あんだけ酔っぱらってんだから」

こっちは大迷惑だ。晶は目を眇めて木槻を睨んだ。

「俺が、あんたを拾ってきてやったの。駅まえで寝っころがってたんだよ」

「そう……、か」

「なんだ、やっぱ記憶ないの」

「ない」

指を突きつけると、木槻が仏頂面のまま頷く。

「あのあとどこでどんだけ呑んだんだか知らないけどさあ、限界くらい知っといたほうがいいんじゃないの。みっともないだろ」

晶は仕事を終えて帰る途中、駅まえで木槻を拾った。

タクシーでも待っているあいだに眠ってしまったのか、駅のシャッターに寄りかかるようにしてぐっすり眠りほうけていたのだ。

店で見た仏頂面とは違って、路上にだらしなく伸びているというのに、ずいぶんと穏やかな寝顔だった。いったいどのくらいの酒量でこうなるものか、相当酔っていたようで、まるきり目を覚ます気配はなかった。

最初は、そのまま放っておくつもりだった。

それなのにどうしてか声をかけ、起きないとなると今度は背に担ぎあげ、自分の部屋まで連れてきてしまった。

大の男を、それも晶より縦も幅もある人間を運ぶのは、並大抵の苦労ではなかった。背負ったのはいいものの、担ぐというよりほとんどひきずって、通常なら駅まで十分たらずの道のりを倍以上もかけて戻ってきた。

数歩歩いて、たちまち後悔した。何度も放りだしてしまおうかと思った。

今は八月、暑さは厳しく、深夜でも空気は蒸していた。担いで帰るあいだに剥きだしの肌はもちろんTシャツもデニムも靴下も汗でぐっしょり濡れてしまって、ひどく気持ちが悪かったのを憶えている。

店から晶のアパートまで、この界隈《かいわい》の治安の悪さは有名で、昨晩も少年グループ同士の抗争があったとかで長く騒がしかった。放っておけば間違いなく、無事ではすまなかっただろう。

どれだけ腕力があるかなど知らないが、いくら立派な体格であっても眠っているところを大勢に囲まれては歯が立つはずがない。有り金全部巻きあげられる程度ですめばいいほうだ。そんな場所で、暢気に眠りほうけているような阿呆《あほう》に、かけてやる情の持ちあわせなどないはずだった。

まあ、それでも。

喧嘩腰とはいえ話を交わしたあとだし、どういう事情か知らないが、マスターと知人でもあるようだ。危ないとわかっていて放っておくのはどうにも寝覚めが悪い気がして、つい、こうして部屋にあげている。

まったく、猛暑で血迷ったとしか考えられない行動だ。

「ったく。いいトシしてあんなところで寝てんじゃないよ。だいたいなんで俺が、あんたを連れてこなきゃならなかったんだ？」

口にだすと、ますます自分でもわからない。

「そりゃ俺が訊きたいくらいだ。人助けが趣味ってふうには見えなかったんだがな」

「んだとぉ？」

図星だが、苦労して助けてやった男に言われたい言葉ではない。朝がた、ろくに眠ってもいないうちに起こされた恨みもあって、木槻の襟元を摑みあげようとした。

だがその腕は、途中で止まってしまう。

「……っ」

腕を伸ばした瞬間関節がぎしりと軋《きし》み、鈍い痛みが走った。

「どうした」

「あんたがクソ重かったから、身体中ギシギシ言ってんだよ。おまけにこんな時間に起こしやがって。目眩《めまい》がすんの。どうしてくれる」

目の端に入った目覚まし時計は、朝十時を示していた。だが夜間労働者の晶にとって、この時間は真夜中に等しい。

「ってことはやっぱり、おまえがここまで運んだのか」

「あたりまえだろ。ここは俺ん家《ち》、他に誰がいるってんだ」

毒づく晶を、木槻がじっと眺めている。

睨むというより、心中を推しはかっているような眼差《まなざ》しだ。その目にはなにもかも透けて見えている気がして、どうにも居心地が悪い。

「なんか文句あるのかよ」

やっぱり拾ってくるんじゃなかった。恩を着せるつもりはないが、それにしたって苦労して連れてきたあげくに文句を言われたのでは、あまりにわりがあわない。

「いや、礼を言っておいたほうがいいのかと」

いちいち癇《かん》に障る言いぐさだ。抑揚のない話し声というのもあって、いかにも口先だけに聞こえる。

「あのなあ。そんな口だけで礼言われても嬉しくもなんともないっての。本気でそう思ってんだったら、もうちょっと、その仏頂面なんとかなんない？」

「悪いが、これは地でな」

「礼なんかいいけどさ。起きたんだったらさっさと帰ってくんないかな。そっちはどうだか知らないけど、俺は眠いの。こんな時間、真夜中なんだって」

言うと、自分の言葉につられるように欠伸《あくび》がこぼれる。

「そうか」

「まだなんかあんの？」

「いや。店でちょっと見てたんだが、おまえ、仕事中とそれ以外とじゃずいぶん変われるもんだな」

「悪いかよ」

客に荒っぽい態度などとれるか。

「感心してるんだが」

「こっちが地だよ」

店でこんな口のききかたなどしたら、早々にクビが飛ぶ。晶はさきほどの木槻の台詞《せりふ》をそのまま返した。

「そうしてると、年相応に見えるな」

「なんだって？」

「十八だって聞いたぞ」

「なんで⁉」

「なんでって、そうなんだろ？」

「だから、どうしてあんたが知ってんだよ。そんなことっ」

「いや、まあ。ちょっとな」

まあちょっと、ですむような問題か。どうしてそんなことを知っている。他に知る者はいないし、マスターが知らせたのに違いないが、せっかく隠しているものをなぜこの男に話したのだろう。

わけがわからないながら、この男はますます胡散《うさん》臭い。

「で？　十八だからなんだってての。どこかに通報しようって？」

この年齢で水商売の、しかも深夜労働がまずいことくらい晶だって知っている。勤めはじめた年を数えられたら、確実にアウトだ。だからこそ外見をとり繕《つくろ》い、ばれないように気遣っていた。

「まさか。店にまで迷惑がかかるからな」

「店に迷惑かけなきゃ俺はいいのかよ。言っとくけどな、俺は自分で働いてメシ食ってんの。あんたにも誰にも文句なんか言わせるか」

「別に文句なんざ言ってないだろう」

「だったらなんだよっ」

店に現れたときからどうにも怪しかったが、今度こそ本当に得体がしれない。

「そうぎゃあぎゃあ喚かないでくれないか。これでも二日酔いがひどくてな、頭に響く」

眉を顰めて、木槻は耳を塞《ふさ》ぐような仕草をした。

「誰が喚かせてんだっ」

「わかった。わかったからとにかくおちついてくれ」

「説明してもらおうじゃん。あんた、いったいナニモノ？」

「便利屋だって言わなかったか」

「だからその便利屋とやらが、どうして俺のこと知ってんだよ」

木槻につめ寄って睨むと、彼はすっと目を逸らした。いかにもなにか隠していますという態度に、晶の怒りは沸点に近くなっていく。

「やっぱりなんか隠してんな」

「たまたまだ。おまえのことを調べてたわけじゃない」

「どうだか。じゃあその調べた内容ってのを言ってみろよ」

「それはできない」

木槻は相変わらず晶とは目をあわせようとせず、けれど口調は断固としたものだ。

「どうしても言えないってのか」

「この仕事は信用が第一なんでな」

それがどうした。この際、晶には木槻の信用問題なぞ関係ない。

マスターは晶の事情を知っている。従業員でいちばんの古株である高見にも、一応説明はしてあった。他の連中だって、晶の自称する二十一歳というのがサバ読みなのを、うすうす気づいているかもしれない。過去はともかくつい先日十八歳にはなったし、今はなにか不都合があるわけでもない。

それでも、だ。

縁もゆかりもなかった男に隠れてかぎまわるような真似をされたのが、どうにも気にいらなかった。

「俺、誰にも言わないぜ？」

「そういう問題じゃない」

顔を逸らしたままの木槻は、絶対なにか隠している。

「勝手に調べられた俺の立場はどうなんだよ」

「偶然というかたまたまというか、ついでだ。おまえがどうこうって話じゃない」

適当な話で誤魔化そうともしないが、その代わり頑として口を割らない。梃子《てこ》でも動かない様子の木槻に、晶は追及を諦《あきら》めた。

これは無理そうだ。それに、晶自身がともかく眠い。腹もたつが、それ以上に今は布団が恋しい。

「ああもうわかった。いいよ、諦める」

「そうか。そりゃありがたい。――それと、だな」

「は?」

これでとっとと帰るのだと思った木槻は、まだなにか言いたげにしている。

「まだなんかあんの」

「いや、うん」

「さっさと話せよ」

「……気をつけたほうがいいんじゃないかと思ってな」

木槻は、ぼそりと呟くように言った。

「なにが」

「おまえ、寝てるときはマジに女に見えるからな。俺みたいな得体の知れない奴、ひっぱりこむとヤバいんじゃないのか」

「――な……んだとっ⁉」

顔にかあっと血がのぼる。

寝顔を見られて、あまつさえそれを「女みたいだ」と言われて。

「よけーな世話だッ」

世間には同性を恋愛対象とするのに躊躇《ちゅうちょ》しない人間が案外多いようで、晶は幾度となく誤解やとんでもない思いちがいのため、洒落《しゃれ》にならない羽目に陥っている。それでも腕っぷしと逃げ足には自信があったから、自分の男らしいとはとても言えない容姿を嫌悪したことなど一度もない。

つくりが上等だというならせいぜい、それを利用してやるまでだ。この顔が逆に世渡りの役にたったことも、何度だってある。

だが、慣れたから腹がたたないというわけでは決してない。

「てめっ、莫迦《ばか》にしてんのかよ！」

「まさか。そんなに怒るようなことか？」

揶揄《からか》われているのならまだしも、木槻の表情はめっきり真剣な、つまりは毎度の仏頂面だ。

本気で心配されているのだとわかるから、よけいに腹がたった。

この俺が、寝こみを襲われるような間抜けに見えるのか。

「俺はそんなに飢えちゃいないつもりだが、それでも朝、横で寝てたおまえの顔見て、一瞬どっかで女でもひっかけたのかと錯覚したくらいでな」

「こ、のッ」

「安心しろ。俺は男の、しかもガキに手をだすほど餓《う》えてない。別になにもしてないぞ」

「俺だって男なんて冗談じゃないっ。とっとと出てけっ、このクソ野郎！」

「手はだしてないんだから怒るなっていうのに。まだ頭が痛いって言っただろうが」

「これで怒らなきゃどうかしてるだろっ」

どかっと鈍い音をたてて壁に枕が激突した。晶が木槻の顔面めがけて投げたそれが、あっさり避《よ》けられたのだ。

「とっとと帰りやがれッ」

「それじゃあ帰るが。名刺、渡してあったな。なにか困ったことが起きたら、今日の礼代わりをするから遠慮なく連絡くれ」

「誰がするかッ」

「怒鳴るなってのに」

怒鳴りすぎて喉《のど》が嗄《か》れ、ぜいぜいと呼吸している晶を見て、木槻が呆《あき》れたように肩を竦める。

木槻が去り、閉められたドアへ雑誌を投げつけた晶は、それ以上やつあたりするものも見つけられず、ふて寝をするしかなかった。

畜生、今度会ったらどうしてくれよう。いやそれ以前に、二度とあの面《つら》など見たくない。

むかむかして治まらない腹を抱え、晶はその日、結局ろくに眠れなかった。


そうしてその晩。寝不足で朦朧《もうろう》とした頭のまま仕事へ向かった晶は、グラスを四つも割ってしまい、貴重な給料からさしひかれる羽目になったのだった。

その瞬間から、木槻は晶の中で『疫病神』の二つ名を持つこととなった。

＊　＊　＊

相変わらずの猛暑の午後、晶は紙片を片手に住宅街を巡った。叩きつける豪雨のように、セミの声が降りそそいでいる。

「住所はたしかにこのあたりなんだよなあ。ちっくしょう、なんだってこうわかりづらいんだ」

手にしているのは、先日、木槻によこされた名刺だ。災難続きにどうしようもなくなり、考えに考えたあげく、晶は疫病神本人に責任をとってもらおうと思いついた。

晶の災難にとどめを刺してくれたのは、間違いなくあの男なのだ。

本当は、頼りたくなどなかった。それどころか二度と顔さえ見たくなかったし、今もそれは変わらない。

だが、もうどうしようもないのだ。悔しいし情けないけれど、他になんのあてもない。

あの日、木槻が隠していた事情。それは数日後になって、晶の身に降りかかってきたのだった。


それは一昨日のできごとだ。

いつものように仕事に出かけた晶の目に、『臨時休業』の札が飛びこんできた。連絡もなく、どうなっているのかと裏口から店内へ入ってみれば、そこはまるで違う場所へ入りこんでしまったような光景だった。

「どうなってんだ、これ」

高価だというふれこみの調度品の類《たぐい》は片端から消えている。がらんとした空間は荒れ放題で、まるで夜逃げでもしたかのようだ。

「まさか――」

「そのまさか、なんだよな」

呆然《ぼうぜん》と立ちつくす晶のまえに、ひき攣った顔の高見が現れた。

「高見さん。これ、いったいどういうことです？」

すっかり疲れはてた様子の高見は、苦笑いを浮かべて肩を竦めた。

「梨香《りか》ちゃんがね」

「はあ」

高見は常連客の女性の名前を口にした。

「あの子とマスターが、どっか行っちゃったんだ。ご丁寧《ていねい》に金目のもの、洗いざらい持ってっちまったみたいなんだよな。で、この有様《ありさま》」

「はい!?」

ほら、これ。高見が示したのは数枚の便箋だった。それで許されるとでも思ったのか、小さな字でびっしりと事情が書かれてあるようだ。

晶は読む気にもなれず、高見に説明を求めた。

梨香は勤めていたクラブで、ずいぶんな借金を背負ってしまったらしい。この不景気、贔屓《ひい》の客のツケがたまってしまって、かなり追いつめられていたという。

「ほら、梨香ちゃん話してただろ。同棲してた男がいなくなったって。あれもヒモみたいな奴だったらしいよ。あの子はいい子だけど騙《だま》されやすいっつーか、ヒトが好《よ》くてさ。困ってるって言われると断れないみたい」

それはまた、気の毒というか阿呆というのか。

だがしかし。

「なんでそこにマスターがでてくんですか」

「だからぁ、言わなかったか？　ほら、マスターにここんとこ入れあげてる女がいるって。あの人、不幸背負った女とかにすぐ同情すっから。そこから愛が生まれちゃうんでしょう」

似た者同士ってやつじゃない？　あまりの莫迦ばかしさにか茶化して言った高見に、晶は渋面をつくった。

そういえば、マスターは晶の母親にも懸想していたのだった。尤《もっと》も彼女の場合はやりたい放題で不幸そうでもなく、晶のほうがよほど貧乏籤《くじ》をひかされたのだが。

「すげえよ、もう。店の売上からなにから、金になりそうなものはぜんぶ持っていかれた。さっき故買屋が来て、契約ずみですっつって片端から運んでいったんだ。店の権利も売っとばしたみたいだな」

用意周到だったなあ。高見が独り言のように言った。

（あいつだ）

晶の頭に浮かんだのは、あの日の木槻だ。

隠されていた事情、請けおった仕事とやらは、おそらくこの夜逃げなのだろう。たしかに夜逃げの手配など、口が裂けても言えるはずがない。

（あ、の野郎ッ）

アパートはもうじき壊される。そのうえ仕事も失ったとなれば、まさに八方塞がりだ。

「おまえ、これからどうするよ」

「はあ……。そうですね。ま、なんとか」

あてはある。そのとき閃《ひらめ》いたのが、制服のポケットへ押しこんだままの木槻の名刺だった。


土地勘のない場所で、住所を頼りに場所を探すなどはじめてだった。しかもそこは同じような建物が並び、目印になりそうな高い建造物がなく、細い道が入りくんでわかりづらいときている。

「えーっと、三の十七はここで、あとはこの八の四〇五ってのが問題なんだよな」

晶はかれこれ一時間近くもこうしてうろうろと歩きまわっていた。

いい加減おてあげ状態で、誰か通ればその人に訊こうと待ちかまえているのに、昼すぎの住宅街に人影はない。平日の午後という時間帯のせいか、それともこの炎天下のせいか。

「誰か通ってくれよぉ」

「はい。なんのご用でしょう？」

いきなり背後から声がかかり、晶は文字どおり飛びすさった。

驚いたどころじゃない。まったく足音も聞こえなかったのだ。

ふり返ると、にっこりと優しげにほほえんでいる青年が一人、レジ袋を両手にさげて立っていた。

「どうも面白くて、実はさっきから見物してたんだけど、どうしたの」

「見てたんだったら、迷ったのわかっただろ」

人様に訊ねる態度ではないが、見物されていたとは面白くない。つい、言葉が尖《とが》ってしまう。

「おやま、こりゃまた綺麗な顔だねえ」

「そりゃどうも」

「歳《とし》いくつ？　高校生くらいかな。このへんじゃ見かけない顔だよね。ええと特技なにかあるかな、料理とか掃除とかでもいいんだけど。ああそうだ子どもは？　好きかな。時間あったら少しつきあってくれるとありがたいな」

青年は矢継ぎ早に質問をくりだした。まるで警察の尋問かキャッチセールスだが、彼はそのどちらとも違うようだ。微笑《ほほえ》んだ顔は警察官というより保父さんのそれだし、レジ袋をさげたキャッチセールスというのも聞いたことがない。

「あのなあ」

「ああ、ごめん。職業柄で、つい。ウチ人手不足でねえ。もしバイトする気があったら、紹介するよ。普通よりは時給もいいし」

本当ならありがたい話だ。けれど路上で声をかけられ、その話が好条件だとついていくほど、晶はおめでたい性格ではない。

だいたいにおいて愛想のいい人間というのはどうも信用ならなかった。腹に一物《いちもつ》あるのは、たいていこういう人間だ。

「いきなりそんなこと言われて、ついていく奴がいるかよ」

「おやまあ。けっこうしっかりしてるんだね。十七、八ってところだろ？　最近の子ってもっと適当かと思ってた」

青年は軽く眉をあげ、驚いたように目を丸くした。それでも笑顔を崩さないのはさすがだが、感心するより先に腹がたつ。

「ますますスカウトしたくなったなあ、うん」

うん、じゃないよ。うん、じゃ。

一人で納得している青年に、晶はうんざりと息をつく。

「あ、怒った？　そうだよね、ごめんごめん。僕って正直なもんだからさ、思ってることつい口にしちゃうんだこれが」

誰が正直だ誰が。

どうでもいい話は煩いくらい言っても、肝心なところは絶対にもらさないのがこのての人間で、人の好さそうな顔というのが問題だ。なるべく避けたいタイプの、ぶっちぎり一位である。

「俺は道を訊きたいだけで、バイト探してるわけじゃない」

正確にはアルバイトを捜しているからここを訪ねてきたのだが、そんな話をする必要はない。

「まあそう拗ねないで。どこへ行きたいのかな」

拗ねているのではなく、警戒している。睨んでみても、彼は一向に怯む様子はなかった。晶など、まるで子ども扱いだ。目のまえの青年は晶よりずっと年上なのだろうが、小学生に言いきかせるような口調はどうにかならないか。

だがこの際、背に腹は替えられない。晶は持っていた名刺を彼へさしだした。

「なあんだ。ここに用？」

「じゃなきゃ探しませんよ」

不本意ながら、少しばかり言葉を丁寧にした。。まるでとってつけたようなそれに、青年は吹きだすのをこらえたような顔をする。

「勝手に笑えばいいだろ」

「じゃあ、おいで。僕も帰るところだし。ほら、昼メシの買いだしに行ってたんだ」

「って、まさか」

「うん。僕はそこの人なんだな。青山麻文《あおやまあさふみ》だよ。よろしく」

晶の肩からがっくりと力が抜けた。

「はあ」

これはやはり、疫病神木槻の呪《のろ》いかもしれない。こいつには近づくな、と警告が鳴る男が、よりによってあの男の同僚だとは。

帰ってしまおうか。だが、これ以上事態が悪くなることもないだろう。炎天下に歩きまわった体力を無駄にするのも惜しい。晶はまえを行く青山のあとを追った。

なかなかわからないのも道理で、家と家のあいだにある道とも思えない細い路地を通っていく。青山が言うには、はじめての来訪者はたいていここで迷っているらしい。

「でも、普通は電話してくるけどね」

電話で木槻につっかかってみても、相手にしてもらえるとはかぎらない。だからこそ、急襲するのがいちばんだろうと判断して、あえて連絡を入れなかったのだ。けれど説明もしにくく、晶は黙って青山の言葉を聞きながした。

この際、間抜けだと笑われようが行った者勝ちだ。

六階建てでさほど高くないが、重厚な外観のいかにも高級そうなマンションが目的地だった。エントランスは広く、入口は当然オートロック式の自動ドア、ご丁寧に監視カメラまでついている。

「リッチだね。そんなに儲《もう》かってるの」

「褒めてくれてどうも。賃貸だけどね」

「家賃高そうじゃん」

「ちょっと事情があって、格安で借りてるんだ」

いわゆる事故物件じゃあるまいな、と、背筋がひやりとした。正直、オカルト関係は苦手だ。

エレベーターであがって右端の部屋に、社名プレートのかかったドアがあった。

「ただいまー。昼メシとお客だよっ」

ドアを開けるなり、青山が大声をあげた。

短い廊下の突きあたり、敷きつめた青い絨毯《じゅうたん》の部屋は広く、奥にはベランダがある。さしこむ陽の光はレースのカーテンで柔らかく遮られていた。

「まあ座っててよ。今、孝平を起こしてくるから」

「起こすって？」

「あいつ、寝てんの。昨夜徹夜だったもんでさ。ところで孝平に用？　それとも事務所に依頼かな。仕事だったら僕でも聞けるよ」

依頼は依頼なのだが、ただし代金は出世払い、もしくは恩を売りつけてただにさせてやりたいのだ。これでは木槻以外にはとても話せない。

それにしても奇妙な事務所だった。会社らしいというのは応接セットやコンピュータ、ファイルのぎっしり詰まったキャビネットにいくつかの事務机くらいで、なぜか奥には食卓が置かれていたし、そもそも仕事をしている様子はない。

部屋にいたのは一人だけだ。それも、雑誌を顔に伏せてソファに長々と寝そべっている。

「なんですか、ここ」

「なにって事務所だよ」

「いや、だから」

事務所というにはあまりにも生活臭の漂っている部屋だ。

「あぁ、そっか。ウチは便利屋さんだろ？　所長の孝平と、社員は僕とそこに寝ている江原《えはら》和真《かずま》の二人しかいないんだ。何人かバイト雇ってるけど、ここに来ることはあまりなくてね。で、実は僕の住居兼用なんだ」

「はあ」

「でも仕事の成果は期待してくれていいよ。これでもかなり評判はいいんだ」

「……はあ」

「ご用の際はどうぞよろしく。それじゃ孝平を起こしてこよう」

レジ袋をテーブルに置き、青山は廊下にとって返した。なにごとか、ぼそぼそと話し声が聞こえてきて、やがて木槻が姿を現した。

「客ってのはおまえか」

寝起きで不機嫌なのか、細められた目は鋭い。もっとも、晶はこの男の明るい顔など一度も見ていなかった。仏頂面か、せいぜい暢気な寝顔くらいだ。

値踏みするような不躾《ぶしつけ》な視線は相変わらずだ。このまえと少し違うのは、頬が削《そ》げ、疲れた様子がありありと窺《うかが》えることだろうか。

怯《ひる》みそうになる自分が嫌で、晶はくっと顔をあげ、木槻を見た。

「孝平の名刺持ってたよ。くしゃくしゃだったけど」

「ふ……ん」

青山が話すと、木槻が晶を見返し、口元で薄く笑った。なにも頼まないと言っていたくせにと、あざ笑ってでもいるのか。

だが晶にはもうあとがない。

「あんたが置いていったやつだよ。憶えてないかもしんないけど」

「あんときの、可愛《かわい》い顔して威勢のいい小僧だろ。どうした、喧嘩でも売りにきたか」

「違うね。売りにきたのは恩」

「そりゃずいぶん高くつきそうだな」

頼みごとをしようというのだから、今度こそせいぜい愛想よくしよう。当初の考えはあとかたもなく飛びさった。

立ったまま睨みあうような不穏な空気の中、青山一人が平然としている。

「そのクソ重い図体を運んでやって、寝場所と布団と安全を提供してやったんだ。ちょっとくらい手を貸してくれてもいいんじゃないの」

「内容によるな」

「わかってんだろ。あんたらがしてくれた仕事とやらのおかげで、俺は無職になったんだ。責任とれよ」

もとはマスターが悪いのだが、この際そんな話は横へ置いておく。

「まあまあ、二人とも座ったら？　今、お茶を淹《い》れてくるからさ。ええと、君」

「岡野。岡野晶」

青山にはもちろん、木槻にさえ名乗るのははじめてだ。もっとも年齢を知っていたのだから、名前を知っていても不思議はない。

案の定、木槻ではなく青山が「ああ」と思いあたるような顔をした。

「じゃあ晶くん、コーヒー淹れるけど砂糖とミルクはどうする？」

「ミルクだけ、砂糖はなしで」

「はいはい」

物騒な顔を突きあわせている晶や木槻に、慣れているのか興味がないのか、青山はまったくかまわずマイペースだ。

「仕事と家、探してくれよ。あんた、ここの社長かなにかなんだろ？　なるべく給料高いほうがいいけど、雇ってくれるなら贅沢《ぜいたく》は言わない。食っていけるだけでいい。それと、未成年の保証人なしで入れてくれるアパートも。俺、親いないからさ。なんとかしてよ」

さも当然だという口調で、晶は早口に言った。そうでないと、木槻に負けてしまいそうだった。いつもならあれこれと話をでっちあげでもして同情をひいてみせるが、この男が相手では通用しそうにない。それに、哀れんでももらいたくなかった。

「あれからたいして経《た》っちゃいないってのに、ずいぶんと状況が変わったもんだな」

「誰のせいだよ」

「それで？　俺に責任とらせようってのか」

「そうだよ。文句あんの？」

いつのまにかすぐ傍《そば》に置かれたカップには手をつけず、晶は必死で木槻を睨みつづけた。動物同士の覇権争いではないが、一度でも逸らしたらきっと、この男には勝てない。

「……いつまでに探せばいいんだ？」

やがて、黙っていた木槻が目を閉ざし、ぼそりと言った。

（やった――――！）

とたんに晶は表情を変えた。ほっと肩の力を抜き、ついで険しかった瞳の光を和《やわ》らげる。

「なんだよ」

伏せていた木槻の目がふたたび、晶を捉《とら》えた。ほんの微かな変化ながら、苦笑いのような、それでいて不快ではない穏やかな表情になる。

（なんだよ。そんな顔して）

心臓が妙な具合に高鳴った。決まりが悪くて、晶は顔を俯《うつむ》ける。これでは睨まれているより始末が悪い。

「話が一段落したなら、僕から提案があるんだけどいいかな？」

気まずい沈黙が唐突に破られる。割りこんできたのは青山の声で、彼は晶の頭を抱くように背後から腕をまわしてきた。

「うわ、ちょっと」

「仕事ならウチですればいいよ。ちゃんと正社員でね。基本給は安いけど歩合はいいし、その気になればかなり稼げるんだ」

「おい、青山」

木槻が止めに入るが、青山は軽く手を振って一蹴《いっしゅう》した。

「いいじゃない。人手不足なんだしさ。どうせ誰かを正社員にひっぱりあげようと思ってたところだし、この子なら条件ばっちりでしょう」

「こいつは未成年だぞ」

こいつとはなんだ。未成年で悪いか。晶が口を挟もうにも、まったく隙《すき》がない。晶の頭上

で、勝手に話が進んでいる。

「やばいことさせなきゃいいんだろ。大丈夫だから、僕に任せなさい」

「でもな」

「孝平が名刺渡したくらいなんだ。おまえだって、気にいってるんだろ」

「それは――」

「それじゃ決まりな。……いいよね？」

渋面の木槻にかまわず、青山は晶へ承諾を求めた。

「条件ってなんですか」

「顔」

「は？」

「顔がいいこと。種類はどうでもいいんだけどね。ウチは誰でもできる仕事のほうが多くて、だから能力っていうのはあんまり関係ないんだ。莫迦じゃ困るけど、君はそうでもなさそうだし」

アルバイトを常時数名登録させていて、足りない分はそちらにまわしているのだと青山が説明した。

「でも、そろそろ事務所にもう一人欲しいなって思ってたんだ」

「頭のできは保証しませんよ。俺、中学中退だし」

今になって考えれば、どうして当時、あれほど意地をはっていたのかわからない。母親がでていったのち、晶はともかく学校を辞めなくてはならないと思いこんでいたのだ。実際、通いながらではとても生活など維持できなかったのだけれど。

中学を休みつづけた晶の元へ、それでもはじめのうちは担任の教師が訪ねてきていた。昼も夜もアルバイトにでていた晶はアパートをほとんど留守にしていて、その担任教諭とは顔をあわさないままだった。

教師は幾度めかの訪問の際、隣室に住んでいた女性に『その家ならもう夜逃げしていない』と聞かされたらしい。姿を現さなくなって、学校との縁はそれきりだ。

彼女は教師を借金とりかなにかかと勘違いしたようで、ていよく追いはらったと話してくれた。

あのまま学校へ通いつづけたらどうなったか、考えることもあったが、もうすんだ話だ。

「必要なのは学力じゃないよ。僕が言ってるのは、聡《さと》い子が好きだって意味なんだ。あと、愛想も大事かな。客商売してたんだろう?」

「バーテン見習いとウェイター」

「じゃあ、問題ないじゃない。特技、なにかある?」

「さあ。メシはつくれるけど、俺の自慢なんて多少マシな顔と、せいぜい勘がいいくらいかな」

「勘？」

「そう。人を見る目ってやつ？　あんまり外れない」

ただそれも、木槻に関してはあまり働いてくれなかった。

会うたび腹をたてるくせに夜道で拾うわ、理由はどうあれこうして訪ねてくるだとか、およそ普段の自分がしそうにないことばかりしている。

「ちなみに僕はどう思う？」

印象を訊かれ、はたして正直に言っていいものかどうか躊躇した。だがどうせ気にしやしないだろうと結論づけ、そのまま言葉にする。

「油断できなそうな、腹に一物あるタイプ」

「ふふん、なるほどね」

晶の臆面もない言葉にも、青山の鉄壁《てっぺき》のマイペースぶりは崩れないようだ。

「ところで、木槻……さん？　あんたは不満ないのかよ。俺なんか雇っていいの」

「所長ってのは名目だけだ。仕事に関しちゃ決定権はぜんぶ青山が握ってる。そいつが決めたなら俺はいい」

「あっそう」

木槻はいかにもどうでもよさそうに、どちらかといえば迷惑げな口調で言った。

「はい、これで就職はオッケーと。あとは家探しだっけ？　うーん、さすがに不動産関係はあんまり知りあいいないし、僕のところっていってもここだからねえ。事務所と一緒じゃおちつかないだろ。どうしたものかな」

青山は腕を組んで考えはじめた。彼をぼんやり眺めながら、晶は冷めてしまったコーヒーを飲む。

とりあえず、職にはありつけたらしい。あとは条件面だが、そちらは蓄えも一応あるし、最初のうちは給料が少なくてもどうにかなる。

まさか木槻の元に就職するなどとは予想もしなかったが、これから探してもらうより、結果を焦《あせ》りながら待たずにいられる分、気が楽だ。もしここが環境や待遇面でとんでもない職場だったら、そのときにあらためて考えるしかない。

木槻とは徹底的にあいそうにないが、仕事だと割りきるしかなさそうだ。

「家、なるべく急ぐよね。あとでゆっくり探すとして、当面のおちつき先が必要か。そうだ、孝平のところはどうかな。広いし、部屋も余ってるだろ。家事を手伝うって条件で家賃をチャラにすれば晶くんも助かるんじゃない？　金貯めるにはそれがいちばん」

いい考えだと得心している青山をよそに、晶も木槻も彼の爆弾発言にぎょっと目を剝いた。

「おい、青山！」

と、木槻が言ったのに、

「こいつのところなら野宿のほうがマシだっ」

晶が続ける。

「おやまあ。二人して怒鳴らなくても聞こえるよ。どうして不満なのさ、いい案じゃない」

「おまえ、なに考えてんだ」

「だって晶くんは家賃が浮くし、孝平は不味《まず》いメシ食わなくてすむじゃない。晶くん、料理できるっていうしさ。掃除もしてもらえば、空いた部屋が埃《ほこり》だらけなんてお寒い状態から逃げられるよ」

青山は晶と木槻が反対したのが不満なようだ。顔をあわせれば喧嘩しているような人間同士が、どうしたら一緒になど暮らせるというのか。

「無茶言うな。俺にこいつと同居しろって?」

「俺だってこんなクソオヤジの仏頂面なんて見ていたくねえよっ」

喚く晶の言葉を聞いて、木槻が不満げに鼻を鳴らした。

「これでも三十四歳の働きざかりなんでな。オヤジ呼ばわりされるおぼえはないが」

「俺のほぼ倍だろ⁉　充分だっ」

「あっ、僕も。孝平と同じ歳なんで、できればオヤジは勘弁してほしいなあ」

青山ののほほんとした声が、晶の耳にとどいた。

「うそっ、マジで?」

年上に違いないと確信はしていたが、もう少し若いだろうと思っていた。

「見えない？」

青山に訊かれ、晶は二度三度と頷いた。せいぜい、二十代後半だと見当をつけていたのだ。

「若づくりっていったら孝平のほうが若づくりだけどね。このトシで一人で海行っちゃうし」

「そりゃ俺の勝手だ」

「僕らは独身だから、歳よりは若く見えるみたいだよ」

「青山さんだけは、たしかに」

晶は深く頷きながら言った。青山は高笑いをし、木槻はこれ以上悪くなりようがないほど顔を顰める。

「それじゃ決まり、これで君の依頼はぜんぶ解決だろ。あとは、仕事の説明をするからおいで。あぁ孝平、和真が起きたらメシ食わせて、今日は帰っていいよって伝えておいて」

「俺はどうなるんだ。こっちも徹夜なんだがな」

「電話番がいなくちゃ困るだろ？　いつかみたいに依頼人怒らせないようにね」

「……努力はする」

どうなると訊いたくせに、答えは予測していたようだ。木槻は長く嘆息し、諦めたように言った。

晶が混乱しているうちに、すべて決められてしまっていた。そして、反論する権利はどうやら与えられないらしい。はたして感謝するべきなのか、それともここは頑として断るべきだったのか、判断はつかない。

ただひたすら後者でなければいいのにと、自分の行く末を祈るのみだった。


社内での仕事分担は木槻が機械や車など、青山が依頼の受付と仕事の差配、その他事務全般を主にしていて、残る一人の江原和真は体力関係が大半。木槻は社の代表ではあるが、無愛想でいつも怒っているように見えるのに加えて口調がきついので、極力、人と関わらずにすむ仕事ばかりを任されているらしい。

「ひととおり、飲みこめたかな。わからないことは黙っていないでなんでも訊いて」

まずは内勤で慣れ、そのあいだに晶にもできそうな依頼があれば少しずつはじめてもらう。実際の依頼内容については入ってみないと教えようがないのだと、青山が笑った。

「基本的には簡単な雑用が主だよ。おつかいだとか掃除だとかね。知人の紹介だとか長いお客さんに専門的な仕事を任されるのもなくはないけど」

仕事があるかないか日によって違い、営業時間や定休日などはないようなものだ。慣れてくれば出勤時間や休みの希望がだせるが、電話番と青山の手伝いをしながら様々覚えなくてはならないので、当面はきっちり十時には出社すること。見習い期間は最大で二カ月だが習熟度によっては短くなる場合もある。そのあいだ、事務所で待機中の時給はアルバイト程度だが、プラスして仕事をするたび、依頼料の五～七割がもらえる。

「仕事によっては外で徹夜とか事務所に泊まりこみなんてのもあるけど、そっちは当分無理だろうから、おいおいね」

そのほかに事務所にしている部屋の設備の案内や、買いだしに行く近所の店、青山が晶に教えたのは、覚えるというほどの量でもなかった。

「はじめちゃえばたいした仕事でもないよ。君は飲みこみがよさそうだから平気だろう」

「見ただけでわかるんですか？」

「僕の期待値もこめて、かな。孝平、留守中なにかあった？」

「なにもない」

「そう。それじゃお疲れさま」

付近の案内から晶たちが帰ってくるのと同時に、木槻が電話番から解放された。よほど眠かったらしく、何度も欠伸を嚙《か》みころしていた。

ソファで横になっていた和真は、どうやらすでに帰ったあとのようだ。木槻が別室に寝に行くと、事務所フロアには晶と青山の二人だけが残った。

「一つ訊きたいんだけど」

青山と木槻はいったいどういう関係なのだろう。仕事仲間というよりは親しげに見えたし、代表者を姓でなく名前で呼んでいる。

「木槻――さん、と、青山さんて、古い知りあいかなにか?」

木槻に敬称をつけようとすると、どうしても躊躇《ためら》いがでる。つっかえながら言った晶に、青山が短く吹きだした。

「無理しなくてもいいよ。所長でも木槻でも孝平でも、好きに呼んだらいい。あいつ、細かいことは気にしないから」

そうは思えないのだが。

「僕と孝平とは中学から大学まで一緒でさ。考えれば長いつきあいになるなあ。あいつ面白いから、一緒にいると飽きないんだよ。それに、自分で言うよりはずっといい奴だし」

「そうですか?」

とにかく最初の印象が悪かったせいで、晶からはどうしても「いい奴」とは思えない。

「孝平は、あれで面倒見がいいんだよ。だから晶くんのことも、けっこう心配してるんじゃないかな」

「恩ふっかけられたからじゃなくて? だいたい、俺がここに入るのも居候《いそうろう》するのも、迷惑そうな顔してたけど」

「まさか」

青山は即座に否定した。

「孝平はね、よけいなことを考えすぎるんだよ。僕にみたいに適当にしてりゃいいのにね。

どうせあいつは、ちゃんとした職場を探してやろうとか、家も自分と一緒より一人暮らしのほうがいいだろうとか、そんなふうに考えてたんじゃないの」

そこまで木槻の考えが読めるのか、それとも単なるあて推量なのか。訊いてみてもどうせ、教えてくれなさそうだった。

青山の話は、せいぜい五割程度に聞いておこう。晶はひそかにそう決めた。

「まあ、雇ってもらえて正直いって助かったけど」

「こっちもね。孝平みたいのは、一人暮らしには向いてないんだ。晶くん、あいつをよろしくね」

青山の笑みにはやはり一癖ありそうで、どうにも素直に頷けない。即決したのは早計だったのではないかと、背筋がうっすら寒くなる。

青山という男は優しげに見えてその実、かなり強引だった。威圧するなら反発もできるのに、穏やかながら、こちらに口を挟む隙を与えない。木槻ではなく彼がここの実権を握っているらしいのも、二人を見ていればすぐにわかった。

(悪意は、感じないんだけど)

仕事をもらい一時的とはいえおちつき先も提供された。晶が一方的に不利になりそうな話は振ってこない。

だが、だからといって全面的に気を許せるかというと、それはまた別の問題だ。晶にとってやはり要注意人物である。うっかり信用しようものなら、とんでもない羽目に陥る可能性も、まだ消えていなかった。

「さて。孝平を起こすから、一緒に帰るといいよ。一軒家で、広いから驚かないようにね」

「俺、今日はアパートに帰るよ。それに、まだあいつの家へ行くって決めたわけじゃないし」

退居の期限まで、まだ時間はある。ぎりぎりまで自分と、それに青山たちにも探してもらって、どうしようもなければそのときにまた考えればいい。

見つからなくても当座のおちつき先はある。それだけで気分はまったく違った。

「それにしてもさ。家の居心地とか、気になるだろ？　試しに二、三日泊まってみたら。どうしても気にいらなかったら、急いで次を探さなくちゃならないしね。とりあえず見てみるだけでもするといい」

青山の話はもっともで、だから晶も同意するしかなかった。

眠っていた木槻をたたき起こし、青山とともに連れだって彼の家へ向かう。私鉄沿線の閑静な住宅街、駅までは徒歩で一〇分程度という立地条件で、スーパーや商店街は充実し、いかにも平和そうな生活の匂いに満ちている場所だった。

場末の繁華街近くでずっと暮らしていた晶には、どうにもくすぐったいような雰囲気だ。

「なんかいかにもな住宅街で、居心地悪そー……」

「そう？　住みやすくていいところだよ」

独りごちた晶に、青山が答えた。

「だからさ。俺、今まで酔っぱらいが喚くはパトカーとバイクは煩いわ、ってとこに住んでたんだって。それがいきなり高級住宅街なんて、絶対馴染《なじ》めなさそう」

「そんなたいそうな場所でもないよ。このあたりは案外、地代安いからね」

話を交わすのはもっぱら晶と青山で、家主のはずの木槻は黙ってあとをついてくるだけだ。晶はともかく、肝心の木槻はどう考えているのだろう。いくら青山に丸めこまれたとはいえ、実際に晶と暮らすのは木槻自身だ。家だって彼の持ちものなのだし、異を唱える権利はある。

木槻の様子からはとても、承知しているとは思えなかった。

「ほら、ここだよ」

木槻の家は周囲に違わず、いささか古いながらも立派な構えの一軒家だった。

「すげ……」

「古いだけだ。別に驚くほどじゃない」

さすがに、これは木槻が言った。青山はにっこりと笑って相槌《あいづち》を打つ。この広さならなるほど、一人暮らしには広すぎるかもしれない。

──だが、驚くのはまだ早かった。

「いったいどこをどうやったらこんな埃だらけにできるんだよッ」

ぐるりと家の中を見てまわった晶は、暢気にコーヒーなど飲んでいる木槻と青山へ向けて怒鳴った。

とにかくすさまじい。一階にある木槻の部屋と居間らしき場所だけはそれなりに整頓されているというのに、他の部屋、特に二階などはまるで廃屋だ。

いったいいつから積もっているやらわからないほどの埃、窓ガラスはすっかり曇って磨りガラスのようだし、和室の畳も変色しきっていた。

もったいない。

外観の古びた佇《たたず》まいがなんとも温かな雰囲気をもっているというのに、中はといえばこのていたらくである。

母親がいたころからのアパート暮らしで、晶は一軒家に憧《あこが》れていた。家と、そこに暮らすごくあたりまえの家族というものは、晶がいくら望んでも手にいれようがない代物《しろもの》なのだ。

「埃くらいで死ぬわけじゃなし、使ってない部屋までいちいち掃除してる暇がなくてな」

さすがにバツが悪いのか、木槻が視線を逸らしつつ言った。

「それにしたってなあ。すげえ掃除しがいがありそうだね、まったく」

どこもかしこも綺麗に掃除をしてカーテンをつけ、畳をはりかえて住みやすいように改造したら、どんなに心地よくなるだろう。

（だからって、ここに住むわけじゃないけど）

頭に浮かぶ光景にひたりかけ、晶は胸中で誰にともなく言い訳をした。

「適当でいいぞ。おまえが使う部屋だけで。あとは放っておいてかまわん」

「冗談！」

二階を指さし、うっすら笑って木槻を見た。

「あんなの見たら、もう使命感に燃えちゃうね。俺、部屋が汚ねえのって我慢できないタチでさ。決まり、今日は掃除する」

「おやま」

家主の木槻は無言のまま、代わりに青山が声をあげた。

「そのかわり青山さん、時給くれる？　初仕事ってことでさ。掃除の依頼とかもあるって言ったよね。俺のお試しついでで、安くていいからさ」

「いいでしょう、だしますよ。僕の泊まる場所ができるなら、僕が依頼して費用払ってあげよう。いや、この家って居心地よくてよく泊まりにくるんだけど、どうも二階が気になってたんだよね。古い建物だし、開かずの間みたいだろ？　宙に浮いてるアレがいるかもしれないと思うと、なんだかおちつかなくてさ」

「……おい、青山」

「なに」

木槻が唸《うな》るような声で呼ぶが、青山は欠片《かけら》も堪えない。

「それが目的でコイツを連れてきたんじゃないだろうな」

「ははっ、嫌だな。晶くんが掃除してくれるだなんて、いくら僕でも予測できるわけないでしょう。でも、イイ歳した男が埃っぽいところで生活してるのって侘《わ》びしいだろ」

ごもっとも。

急いで用具を揃えさせ、晶は掃除を開始した。


木槻や青山をも巻きこんでの大掃除が一段落ついたころには、もうすっかり夜になっていた。それでもまだ埃を払い雑巾《ぞうきん》がけをした程度で、作業は他にも山と残っている。

翌朝が早いからと青山が慌てて帰った。晶も一緒に帰ろうとしたのだが、これがどうにも動けない。背伸びしたり腰を曲げたりとふだんはしない体勢で動きまわったせいか、全身がぎしぎし軋んでいるし、なによりなけなしの体力が限界だった。

「泊まるつもりじゃなかったんだけど」

一応、帰るとは言ったのだ。ところが青山と、意外なことに木槻の猛反対にあい、うやむやのうちにこの家へ居残ってしまった。

「ガタガタ言うな。そんな身体で帰れるはずがないだろう。俺もさすがに疲れてな、送ってやれない」

「一人で帰れるってば」

口では強がってみせたが、実際、ソファに伸びた身体は指一本も動かしたくないほどにだるい。つい夢中になって動きまわったあげくにこの始末で、情けないことこのうえなかった。

「莫迦言うな。途中でぶっ倒れたらどうする」

「こんくらい平気だっつの」

木槻は処置なしと言わんばかりに天を仰いで息をついた。

「動けもしないくせに意地だけで突っぱるな。諦めておとなしく泊まっていけばいいだろうが」

「なんだと⁉ ……ってて」

反論しようと身体を起こしかけたが、結局、腰といわず背中といわず凝りかたまっていて、ふたたびくたくたとソファに倒れこんだ。

「ほら、言わんこっちゃないだろう。しばらく、そうやって伸びてるんだな」

「…………」

くそう。

「明日起きたら、荷物とりに行くぞ」

「へっ?」

「引越すなら早いほうがいいだろう」

「まだ引越しするって決めたわけじゃないよ」

「甘い。青山はこうと決めたら絶対退《ひ》かないんだ。おまえも覚悟しておかないと、いいようにふりまわされるからな」

それはよくわかる。

「それにしたってさ」

「不満か? おかげで部屋も綺麗になったし、とりあえず住むには困らないだろうが」

「俺じゃなくて、あんただよ。俺が転がりこむの、嫌なんじゃないの」

「別にかまわんが」

嘘ばっかり。

真意を推しはかろうとじっと見つめる晶に、木槻は苦笑を浮かべた。

「ここまで掃除させといて追いだしたら、青山がなにを言うかわからん」

ああ、そういうことか。

晶が気にいったとか、そういう理由ではもちろんないのだ。わかっていたのに、たかが一言にどうして傷つく必要がある。

(こんなの、毎度のことだろ)

まだ、一人きりになったばかりのころだ。親切顔の社交辞令には何度もひっかかった。言葉に甘えようとするたび迷惑そうに、困った顔をされ、ひっそり傷ついていたのだ。

四年のあいだにそれに慣れて、気づかぬふりでとおすことも覚えた。もう、今さらだ。

「心配しなくても時給もらえりゃ文句は言わないよ。まだ一カ月あるんだ、探すだけ探してどうしても見つからなかったら、そのときまた考えりゃいいし」

「そうか」

「ほら、安心しただろ？　とっとと出てってよ。俺、このままここで寝させてもらう」

いちいち傷つく自分が嫌だ。晶は怒鳴るように言って、木槻を居間から追いだした。

＊　＊　＊

朝っぱらから能天気な声がする。

「おはようっ！　今日も天気がよくて嬉しいねえ」

いつのまにかぐっすり寝こんでいた晶は、青山の胡散臭いほど爽《さわ》やかな声にたたき起こされた。

「……ぅーっ。あんたいったい、どっから入ってきたんだよ。俺、昨夜《ゆうべ》ちゃんと鍵かけたはずだぞ」

「そりゃ合鍵くらい持ってるって。さあさあ起きた起きた、朝ごはんつくってくれるだろ？材料買ってきたからよろしくな」

「よろしく、って。……まあ、いいけどさ」

文句を言いながら、晶はどうにかソファベッドから置きあがった。長く続いていた寝不足のせいか、思いのほかぐっすり眠っていたらしい。ちらと時計を確認すればもう十一時をまわっている。半日近くも寝ていたのだ。

まだ身体のあちこちは痛いし怠《だる》い。けれど半日も寝ていたから空腹で、朝食を摂《と》るのに異論はない。

「味噌と米と魚ってことは和食ね。オッケー。あっ、でも木槻がまだ寝てるんじゃないの」

渡された食材をキッチンへ運び、慣れた手つきで食事の支度へとりかかる。二階の惨状のわりに調理器具はひととおり揃っていて不自由はない。だがどれもあまり使われた様子はなく、包丁の切れはずいぶんと鈍かった。

「孝平は仕事入ってないといつまでも寝てるからね。あとで起こすから気にしないでつくっておいて」

「了解。ところでこの家って、茶葉の一つもないんだ。あとで買っておいて」

「はいはい」

青山がやけにニヤついている。一拍おいて、晶ははっと自分の言葉に気づいた。

「まだ居候決めたわけじゃないよ。昨日、木槻にもそう言っといた。ただ、メシのときくらい日本茶飲みたいだろ」

「ふうん、ほほぅ」

「なんだよ。文句あんの」

「いいえぇ。なーんにも」

青山の声には含みがありすぎた。

「邪魔ばっかしてると、そのうち」

コロスよ。言おうとして、途中でやめた。包丁を持ったままでは洒落にならない。

「なに？」

「なんでもねえよ。メシが不味くなるぞって言いたかっただけ」

「あっそう」

青山が木槻を起こしにいっているあいだに、できた朝食を居間へ運ぶ。そういえば、この家には六人がけの食卓もある。以前、家族と暮らしていたのかもしれない。

豆腐とわかめの味噌汁に焼き魚というスタンダードな朝食は、あっというまになくなった。さすがに男三人、朝とはいえ見事な食べっぷりだ。よぶんに炊いたはずの米も綺麗に空になっている。

「それでね、お二人さん。一息ついたら晶くんの荷物をとりにいこうと思うんだけど、どう？

和真に車だすように言ってきたから、昼すぎまでに支度しておいて」

「あぁ!?」

「ちょっと早いんじゃないのか」

暢気な声の青山に、晶は声を裏返し、木槻は眉根を寄せた。

「今朝、晶くんのアパートに寄ってきたんだ。大家さんにも連絡つけたし、引越すって言ったらいつでもどうぞ、だって」

「ちょ……っ。ふざけんな、俺に言わないでなに勝手な真似してんだよッ」

「この家、気にいったみたいだったからね。手続きもすませちゃったし、もう遅いよん」

遅いよん、じゃなくてだな。

憤る晶をよそに、青山はまったく平然としている。

「なに考えてんだおまえは」

木槻がぼそりと呟く。晶はぎっと眉を吊りあげ、木槻を睨んだ。

「あんたがッ！　そうやってすぐ諦めるから、コイツがこうなんじゃないのっ」

「孝平は反対しないよね」

にっこりと笑んでいる青山と怒り心頭の晶とを交互に眺め、木槻は大きく嘆息した。

「しょうがないだろう。アパートひき払っちまったんなら、責任とらなきゃならんだろうしな」

「ガキ孕《はら》ませたわけじゃねえのに、そういう言いかたすんなッ」

「似たようなもんでしょ」

青山がしれっと言いはなち、晶の怒りにガソリンをぶちまける。

「どこが似てるんだッ」

晶が青山へ向け、身を乗りだす勢いで怒鳴る。その直後、木槻がごく軽くテーブルを叩いた。

「あぁもう、メシくらい黙って食わせろ頼むから。青山、そいつで遊ぶのはそのへんにしておけ。それと、おまえもいちいちぎゃあぎゃあ喚くな。往生際が悪い」

「誰が喚かせてると──」

「煩い」

晶の言葉を最後まで言わせず、木槻が低い声で遮った。声を荒らげてもいないのに、有無を言わさない迫力がある。

「わ、かったよっ」

ただでさえこの強面だ。本気で凄《すご》まれると身体がびくんと竦《すく》みあがる。

（怖ぇっ）

負けまいと怒鳴りかえしたものの、喉がつかえて語尾が掠《かす》れたのに気づかれてしまったかもしれない。

「ほら。孝平ってふだん穏やかな分、怒らせると怖いからね。おとなしくしておいたほうが身のためだよ」

ふだんの木槻の様子などたいして知らないが、穏やかというにはほど遠いのじゃないだろうか。だが、悔しいけれどいちいち言葉じりをとらえて混ぜかえす気力はわかなかった。

「青山、おまえもだ」

「はいはい」

青山は慣れているのか、相変わらず平然としている。いや、慣れようが初見だろうが、この男はひょっとして地球最後の日でもこんな調子かもしれない。

(こいつの神経、どうなってるんだ)

ナイロンザイルか、はたまたメビウスの輪のようにねじくれ曲がっているのに違いない。

そうして、晶の引越しが一方的に決められた。


少しずつ荷物の整理はしていたが、まさか今日すぐになど考えてもいなかった。朝食後に迎えにきた和真とともにアパートへ向かうと、まずは荷造りからの大騒ぎだ。

「今日ぜんぶやらなくたっていいのにな」

文句を言いながら荷をよりわける晶の横で、和真と同行した数名が次々に箱に詰め、外へ運びだしていく。彼らは木槻の会社でアルバイト登録をしている面々で、引越し作業は相当手慣れているようだった。

とにかく動きが速く無駄がないので、晶のほうも急《せ》かされる。はじめは丁寧に詰めていたものの、しまいには面倒になって手近なものを片端から放りこんでいくはめになった。

「こういうのはいっぺんにすませたほうが楽だろ。二度も三度も往復するの、面倒くさくねえ？」

「そりゃそうなんだけど」

和真に言われ、晶は小さく口を尖らせた。

感情面でも物理的にも、ほとんど準備ができていなかったのだ。

「今朝言われて今すぐって無茶だろ。青山さんって、どういう神経してんだか」

「青山さん、ああ見えて繊細なんだよ」

「センサイ？　あれが？」

先妻か戦災か浅才――いやそれはないかと、使いふるされた単語が次々に浮かんでは消える。どうしても『繊細』と青山とが結びつかない。

「上手く言えねえんだけど、気遣い細かいしな。周りもよく見てる」

「そりゃまあ、見るのは見てるんだろうけど」

腹の底を探られているとか見透かされているとか。そちらの意味で見られている、のではなかろうか。和真の意見には、どうにも賛成できなかった。

寝ている姿は見たが、まともに話すのはこれがはじめてだ。和真は気のよさそうな青年で、正確には知らないが、晶とも歳は近そうだ。筋骨隆々という体格ではないが長身で、しなやかにきびきび動いている。本がぎっしり詰まった段ボール箱を軽々と抱えあげられるほど力もあって、見た目や雰囲気はまるきり体育会系だった。

「青山さんに拾われたから、今の俺があんの。これでも昔は気合い入ってたからなあ」

「はあ、なるほど」

「おーよ。うちのバイトなんてそんときの仲間がほとんどだぜ。あんまり頭はつかえないけどな、車《アシ》と体力なら任せろ。口と態度は乱暴だけど、いい奴らだから気にすんな」

口の悪さなら、晶とてあまり人のことを言えない。が、今まで周りにいなかったようなタイプばかりのようで、はたして上手くやっていけるか、ますます不安がつのるばかりだ。

晶は短気だし喧嘩っぱやいが、人づきあいにはそれなりに計算もする。とにかく騙されないよう気を張っていたし、弱味につけこんだり、社交辞令に気づかぬふりで甘えてみせたりもした。とにかくひねて素直じゃない自覚はある。

だから晶がではなく、周囲が晶を受けいれてくれるだろうか。考えるとつい、ため息がこぼれた。

「もう疲れてんのか？　あと少しだからさっさとすまそうぜ」

「ああ、うん。ごめん」

手が止まったのを疲労だと勘違いしたらしい。和真に軽く背中を叩かれ、晶は荷づくりを再開した。

引越し作業は素早かった。手伝ってくれた彼らが慣れていたのと、おそらくは晶が気を変えてしまわないよう急いだのと両方だろう。迎えのバンが木槻の家へ着いてから荷を積んで戻るまで、およそ四時間程度ですべてが終わった。

いくら人数を頼んだとはいえ、呆れるほど早すぎる。早く早くと急きたてられて、ろくに頭を使う暇すらなかった。

ホントに引越ししてきちゃったよ。

掃除したばかりの二階の一室へ段ボール箱が運びこまれ、来たときと同じように素早く、和真たちが去った。

青山はとうに事務所へ戻っており、あとは晶と木槻の二人きりだ。

これからどうなるのだろう。知りあってまもない、しかも決して良好とはいえない間柄の男との二人暮らしだ。今さらひき返せもせず、つかのまのルームシェアだと割りきるしかないが、あらためて二人きりで残されると、一気に空気が重くなる。

さっき詰めたばかりの箱の山を、今度はすべて広げて片づけなくてはならない。狭いアパートではあったが長年住んでいれば荷物はそれなりの量があり、山積みのそれを見るだけで、疲れは倍以上に増して感じた。

「これはどうするんだ」

木槻が手近な箱を開け、中身を軽く掲げてみせた。

「あっ、それは捨てていい」

「こっちは」

「それも」

「おまえ、いらないものまで持ってきたのか」

とにかくあれもこれもと片端から突っこんでしまって、種類別の荷詰めどころか要不要の判断さえ、せいぜい最初の数箱までだ。どこになにを入れたやら、詰めた晶自身すらわからない。

「あの状態で、悠長に選別なんかしてられなかったんだよ」

誰も好きこのんでこんな無茶をしたわけじゃない。呆れた目を向けられ、晶はふてくされた声で答えた。

首筋を汗が滴っていく。不快なそれを、乱暴に手で拭《ぬぐ》った。

ここは今まで放っておかれた部屋で、ということは当然、エアコンなど設置されているはずがない。窓を全開にして扇風機をまわしているが、効果はあってないような状態だ。

暑いやら面倒くさいやらで、頭がくらくらしてきた。

「まあ、そりゃそうだが」

「もういいよ。あとは俺一人でやれるから」

手伝ってくれなどと頼んでいない。助かっているしありがたいが、嫌みを言われつづけるくらいなら、時間はかかっても一人で片づけたほうがずっと楽だ。

「これじゃ徹夜したって終わらんだろう」

「いいってば。一人だってこれくらいどうにでも」

なる——はずがないか。

すべての箱をいったん開けているものといらないものにわけ、不要なものをひとまとめにして捨てる準備をし、すぐ使うものは場所を決めて置いて、当面必要のないものはどこかに収納して——

そもそも、この適当に積みこんだ箱をどうにかしないことには、今夜の寝場所すら確保できない。二晩続けてソファで寝るのはさすがに避けたいのだが、どう考えても無理そうだ。この部屋をまともに使えるようにするまで、どのくらいかかるだろう。考えただけで力が抜けた。

「あーっ！　もうヤダ！　やだやだやだ……っ」

「いちいちヒステリー起こすな」

「煩いッ」

晶はとっさに手近にあったものを掴み、壁めがけて投げつけた。ガシャン、と耳障りな音が響く。

（ガラス？　って、えーと……）

腹立ちまぎれになにを投げたのか、考えるだけで血の気がひく。おそるおそる眺めてみれば、ガラスの破片が散らばっていた。

よりによって、コップだ。

「――おい」

低い声に、晶はびくりと身体を強張らせた。木槻の様子をこっそり見ると、彼はため息をつき、すっかり呆れて首を振る。

「どうしてそう気が短いんだ。ぽんぽんモノを投げるな」

「誰が怒らせてんだよ」

「今回は、俺は関係ないと思うがな」

そりゃ、そうだけど。

「ったく、しょうがねえな」

言って、木槻はガラスを踏まないよう気をつけて立ちあがり、部屋を出ていった。

これは間違いなく怒らせた。

やつあたりしたり、突っかかって怒鳴ったり。今まで誰を相手にでもめったにしなかったのに、どうして木槻相手だとこうなってしまうのだろう。

疫病神は彼ではなく、もしかして自分自身が彼の疫病神なのではないかとさえ思う。

もう今さら片づけを再開する気分になれず、晶は散らかりまくった部屋でぼんやりと膝を抱えた。

アパートを解約されてしまった以上、しばらくはこの家で厄介になるしかないというのに。木槻は家主だけでなく、これから勤める職場の代表でもあるのに、怒らせていいはずがない。

初対面から喧嘩腰でいたものの、木槻がもし心底怒るなりうんざりするなりしたら、今度こそ晶は路頭に迷ってしまうのだ。

「どうしてこうなるんだろ」

「なにが」

「ぎゃっ」

出ていったはずの木槻が、いつのまにかドア口に戻ってきていた。手にはバスタオルと掃除機を持っていて、そのまま部屋へ入ってくる。

どうやら独り言を聞かれてしまっていたようだ。

「なにが『どうして』なんだ」

「なんでもないよ。それより、まだなにか用？」

怒らせたと反省したばかりなのに、言葉はまだ棘《とげ》がある。どうして素直に謝れないのかと、自分自身に嫌気がさした。

「そう突っかかるな。ほら、ガラス片づけるからこっちへ来い。それとこれ」

大股《おおまた》で近づいてきた木槻に腕を摑まれ、有無を言わさずひっぱりあげられる。手渡されたバスタオルに、晶は首を傾げた。

「窓でも拭《ふ》くの」

「阿呆、風呂だ。今沸かしてるから入ってこい」

「へっ?」

怒って出ていったのではなく、わざわざ掃除機をとりに、そうして風呂を沸かしに行ってくれたのだろうか。

(どうして)

やつあたりされたのに、木槻の様子に苛《いら》だちや憤りは感じられなかった。

「暑いんだろ。汗流してくれれば少しはマシになる。今日はもう風呂入って寝ちまえ。それと、ここで寝るのは無理だろうから、しばらくは居間にしておけ。ソファベッドの使いかたはわかってるな? 布団は昨日のをだしてある」

「えー……っと」

「この部屋は陽あたりがよすぎるんだ。朝なんざ暑くて飛びおきるぞ。居間が嫌だったら、俺のところでもかまわんが」

「いや、あの。居間で平気だけど」

「なら、そうしろ。着替えは俺のを置いてある。必要なものはなんでも使っていい。ここの片づけも、急がなくてもいいだろう」

孝平は、あれで面倒見がいいんだよ。

青山の声が耳によみがえる。

無理やり居候されてやつあたりされて、コップまで投げつけられて喚かれて、それでもこうして世話を焼いてくれようとする。

「とりあえず、おちつくまでは放っておけ」

顔を見れば相変わらずの渋面で、親切だとか面倒見がいいだとかとはどうにも縁遠そうだ。

「どうした？　さっさと行ってこい」

初対面の横柄な態度とはずいぶん違う。あれは、自分が悪いのだと自覚はあるが、それにしても。

「あの、さ」

「なんだ」

「あんたって、顔に似あわず親切だったりするんだ？　ひょっとしてお年寄りに席譲っちゃったりする人？」

とにかく、ものすごく意外だった。もし自分が関わっていなければ、たとえば他人から話を聞いたのだとしたら、まず絶対信じなかっただろう。

「ガキの面倒は見慣れてるだけだ」

「なんだと⁉」

一言多いんだよ畜生め。せっかく、見直してやろうかと思ったのに。——頼まれたわけではないけれど。

「誰がガキだっ」

「そうやって喚くからガキだっつってんだ。ああもう、さっさと行ってこいっ」

食ってかかりかけた晶は、まるで猫の仔《こ》でも摘《つま》むようにあっさり躱され、廊下へ押しだされてしまった。

腹たつ。ものすごく腹がたつのだが、ここはやはり礼を言わなくてはならないところだ。

「あのさ」

「まだなにか言いたりないか」

「……ありがと」

むくれたまま、ぼそぼそと呟くような声で、晶は告げた。ガキと言われてもしかたない態度に、みっともなくて目を逸らす。また揶揄われるかと身構えるが、木槻からの反応はなかった。

笑うなり呆れるなりすればいいのに。様子を窺おうとそっと木槻を見ると、視線がかちあ

ってしまう。彼は軽く眉をあげ、小さく、ほんの微かに口元を緩めて——微笑んだ。

それは思わず、晶が見惚れてしまうような優しい表情だった。今まで他の誰も、こんなふうに晶へ微笑みかけてくれたことはない。

どうにも決まり悪くなった晶は、それ以上なにも言えずにそそくさと浴室へ向かった。

＊　＊　＊

エアコンは極楽だ。

慣れてみると、これなしで暮らしていたのが嘘のようだ。

段ボール箱は放置されたまま手をつける気になれず、晶は居間を自室のように使っていた。エアコンがあるのはここと木槻の私室だけで、さすがにあちらは使えない。そうなれば自然とこちらへ入りびたることになる。

木槻の家へ転がりこんでから、はや半月が経った。食事をするのもテレビを観るのも、本を読むのももちろん、持ちかえった仕事を片づけるのさえ、この部屋でする。ソファベッドは今や晶専用の寝床と化している。

(エアコン、買いにいかないとなあ)

当面家賃はかからないようだし、引越し費用として考えていた敷礼金やその他諸々も浮いた。とりあえず就職もできて、エアコンを買うくらいの資金は充分ある。けれど数日経てばもう九月で、夏も終わる。まだ当分暑いだろうとわかっていても、つい来年でいいかと考えてしまうのだ。

居間を占拠していても、木槻はなにも言わない。どうなることかと不安半分ではじまった居候生活だが、驚くほど自然で平穏だった。木槻は特に意識するでもなく、晶がそこにいるのをあたりまえのように受けいれた。そんな木槻の態度につられ、晶は拍子抜けするほどあっさりとこの家へ馴染んでしまった。

口喧嘩は日常茶飯事だが、あとをひかない。どうにかやれているのが晶には不思議だったし、木槻も同様のようだ。

今朝も寝起きは快適だ。おはようタイマーがセットされたエアコンは部屋を適温に保ってくれている。

晶はソファベッドから起きあがるのとすぐにキッチンに向かい、コンロのスイッチを入れる。朝食の支度をすませ、次は二階へ駆けあがった。

「……とっとと起きやがれ、メシだっ！」

怒鳴りながら木槻の私室のドアを開けるのが、居候生活での一日のはじまりだ。

「冷めないうちに食うのが礼儀ってもんだろ？」

木槻の就寝が遅かろうが徹夜明けだろうが、つくった食事がもったいないという晶に容赦はない。放っておくと出勤ぎりぎりまで寝ているから、起こせと言ったのは木槻だ。起こす必要のない日は事前に伝えられるかメモが残されているから、遠慮する必要もない。

ドアの開く派手な音と怒鳴り声とで起こされた木槻が眠い身体をひきずって風呂へと向かうのが、毎朝の光景だ。

「今日は何時だ、おまえ」

食卓で出勤と帰宅の時間を確認するのもとり決めで、晶はそれを聞いて食事や掃除など、家事の時間をわりふっている。

「十時。午前中は和真と一緒に庭掃除で、一時から夕方まで三丁目のサ店のヘルプ。今日は帰り早いから、晩メシは期待してくれていいよ」

「またか？　あの店、わざとバイト雇わないんじゃないだろうな」

「どっちだっていいだろ。こっちは金稼げるんだし」

アルバイトの学生が急に辞めたという喫茶店は、晶の上得意の一つだ。どうやら晶がいると女性客が増えるとかで、はじめて仕事をうけおってから三日に一度は頼んでくる。

「まあな。あぁ、悪いが今晩は遅くなるからメシはいらない」

「げっ。そうなの？」

せっかく凝ったものつくるつもりだったのに。

昨日の帰り、青山にスケジュールをもらってから、密かに今晩のメニューを練っていたのだ。材料も揃えてあるのに、どうやら延期になりそうだ。

「どうした。残念そうだな」

「……別に。楽できていいよ」

「そうか」

あんたのためじゃないしっ。

口にはださず、胸中で毒づいた。

俯いた木槻の顔は絶対笑っているに違いない。どうしてか、木槻は高確率で晶の感情を読みあてる。

晶は腹がたつやら照れくさいやらで、がつがつと勢いよく朝食をかきこんだ。

ただ、誰かに食べてもらえるとか、誰かと一緒にテーブルを囲んだりする生活をしていなかったから、腕をふるう機会があるのが楽しいのだ。口数は少ないながら木槻もそのたびに美味《うま》いと言ってくれるから——、要するに褒められるというのが新鮮で、それが心地よくて。

認めたくない話だが、結局、晶は木槻との生活を楽しんでいるのだった。

食事をつくるのも面倒な掃除や洗濯でさえ、自分だけのためじゃないとなるとまるで苦にならない。一人で当然としていたのがどんなに味気なかったのか、今さらながらに思いしらされていた。

誰かと一緒の生活。それも以前、母親と暮らしていたころよりもはるかに楽しくはりあいがあるのは、木槻が晶をやたらとかまうせいかもしれない。

まるきりの子ども扱いで、些細なことでもなにかと煩い。言われるたびぎゃあぎゃあと文句は言うものの、その実、口喧《くちやかま》しくされるのが不快じゃない。

もう子どもではないのに。いつもそう思いながらも、木槻の晶への接しかたをどこかで嬉しがっている自分が不思議だった。

「しかし、この暑いのに庭掃除とはな」

考えただけでうんざりするのはたしかだ。けれど面倒で大変だからこそ実入りも多い。通帳の額が増える仕事は、どんなものであれ歓迎だった。

一人が長かった晶は、昔から『万一のときのために』とせっせと貯金してきた。誰も頼れない生活では、病気でもすれば即、食べるのにすら困るのだ。

アパートを追いだされた際には役にたたなかったが、だからといってやめられるものでもない。

いくらこの暮らしの居心地がいいとはいえ、いつ終わるかもわからない。確実なことはなにもない。先はあてにならないのだと、晶は嫌というほど知っている。

「暑いからだろ。自分でできりゃ頼まないって。時給いいしね」

木槻に恋人の一人でもできれば、晶はここを出ていかなくてはならなくなる。それ以外でもいくらだって、終わる理由は散らばっていた。

（今はフリー……だよなあ？　家に俺置いてるくらいだし）

いずれにしろ、ここはつかのま、次の部屋が見つかるまでの場所だ。焦る必要はなくなったが部屋探しもしなくてはならないし、準備は怠れない。

エアコンとか、言ってる場合じゃないか。

やっぱりそちらは来年だ。

「体力ないのに、無理するなよ」

「してないよ。掃除くらいなんだってんだ」

口調は相変わらずきついが、これで木槻は晶を心配しているらしい。

無愛想で無表情、たまに気分を表にだすとなれば皮肉な笑みか不機嫌なものばかりで、なまじ彫りの深い造作なのが災いして、始終怒っているようにしか見えない。けれど同じ屋根の下ですごせば、些細な眼差しや気配の変化で、彼の気分がなんとなくわかるようになってくる。

面倒見がいい、と青山が言っていたのも納得できた。

――それでも。

自分で考えた『終わり』の予感に心のどこかがちりちり痛む。

終わるのは嫌いだ。けれど必ずそれは訪れる。だから本当はあまり、木槻やこの家に馴染まないほうがいい。馴染めば馴染むほど、離れるのがつらくなる。

失《な》くならないものも去らない人もいないのだから、いつでも一人で立っていられるために、一定の距離を保たなくてはならない。

それが、生きていく手段だ。


仕事を終えて帰るとまっすぐに居間へ行き、ソファベッドに転がりこんだ。

炎天下の庭掃除は想像以上の難物で、一緒に動いた和真への対抗意識だけでかろうじてこなせたようなものだった。その後は喫茶店の仕事へ移動してさらにひと仕事、終わったころには頭も身体もよれよれだった。気力だけでどうにかのりきったものの、小さいミスはいくつかあった。

（気をつけないとなー……）

反省もそこそこ、疲労にひきずられて晶はぐっすり眠りこんだ。

目が覚めたのはもう夜更けだ。木槻に知られたら、だから仕事を調整しろと言ったとかなんとか、また小言をくらってしまう。木槻が不在で、バレなくてよかった。

たっぷりと時間をかけて風呂に入り、洗い髪から雫《しずく》を滴らせてタオルボックスを覗《のぞ》いた。

「あちゃー、空《から》じゃん。そういえば洗ってなかったんだっけ」

ここ数日忙しくて、洗濯ものがたまっている。バスタオルはあと三枚残っているが、フェイスタオルが一枚もなかった。

「まあいっか、しょうがない」

どうせあとでドライヤーをかけるのだ。以前は髪など洗いっぱなしで放っておいたのだが、風呂あがりだろうと晶はエアコンの傍から離れようとしないので、「乾かしてからにしろ」と木槻にくどいほど言われていた。あの男ときたら、ドライヤーを掴んだまま暑がって嫌がる晶を追いかけまわしたことさえある。

「しょうがねえなあ」

籠《かご》に積まれた汚れものをわけ、洗濯機をまわす。とりあえず使ったばかりのバスタオルを頭に被《かぶ》り、ハーフパンツ一枚の恰好で鼻歌まじりに居間へ戻る。

「んー、気持ちいい」

火照《ほて》った身体に心地いい風。木槻がいれば肩を冷やすなだの身体に悪いだの髪を拭けだのとやかましいのだが、幸いにして今日はまだ戻っていない。

「遅くなるって言ってたな」

夕飯はいらないと言った。どこかで食べてくるのだろうか。

「夜食でもつくっておいてやるか」

無駄になるかもしれないが、明日の朝食にまわしてしまってもいい。

「俺のメシのついでだしな」

誰も聞いていないというのに、つい、言い訳などしてしまう。

キッチンに立ち作業していると、またも猛烈な眠気に襲われた。どうにか支度をすませると、もうその場で伸びてしまいたいくらいだ。夜食にラップをかけてテーブルに置くまでが気力の限界で、晶はふたたびソファベッドへ横になった。

（木槻が帰ってきたら、メシ温めなおさないと）

どうせ車なのだろうし、戻ってくれば音でわかる。温めなおした夜食とともに出迎えてやったらどんな顔をするかと考えると、眠気でいっぱいの顔さえ緩む。

それまでのつもりで、晶はことりと眠りについた。

だが、えてして睡眠時間というのものは自分の思いどおりにはいかないものだ。

「莫迦かおまえはっ！」

大声にたたき起こされた晶は、目のまえにしっかり「怒っています」という表情の木槻を見つけた。

（うわ、これはやばいかも）

どうやら本気で怒っているらしい。

「またそんな恰好で、どうせ髪も乾かさなかったんだろう。肩、冷えきってるだろうが」

いつもよりさらに低い声で言われ、たしかめようと自分の手で触れれば、びっくりするほど冷たくなっている。

「ちょっと眠かっただけじゃん。そんな大袈裟《おおげさ》に怒んなくったってさー……」

晶は口を尖らせた。なにも帰る早々、怒鳴らなくたっていいのに。せっかくつくっておいた夜食をだすタイミングを逃してしまったじゃないか。

木槻は晶のこめかみから生乾きの髪へ、指を突っこんで乱暴に掻きまわした。

「ったく、やっぱりか。寝るなら髪乾かして、着替えてからにしろってあれほど言っておいただろうが」

「平気だってば。ちょっと転がってただけだろ。風邪なんかひかないって」

「どうだか」

「しつこいよ。……っくしゅ」

強がったそばから、くしゃみがでてしまう。

（うわ、サイテー）

とたんに、木槻の目が眇められた。

「そんなおっかない顔すんなってば」

「誰がそうさせてるんだ」

「俺が風邪ひいたって、あんたが困るわけじゃないだろ」

仕事に支障などきたさない。今まで、ずっとそうしてきた。風邪くらいで倒れてたまるか。

「あっ、もしかしてメシつくれなかったら困る、とか？」

「阿呆。そういう問題じゃないだろっ！」

またしても怒鳴られ、晶はひゃっと身体を縮めた。

「どうして自分の身体を大事にしない？　どうせ、昼の仕事でも無茶したんだろうが。サ店から連絡あって、おまえが調子悪そうにしてたって心配してたぞ」

「ああ、……ごめん。仕事、クレームがいっちゃったのか。明日、青山さんにもちゃんと謝るよ」

ミスをしたのは覚えている。会社に迷惑をかけたのなら、木槻が怒って当然だ。入ったばかりとはいえ、決してできない仕事ではないのだ。ミスは許されない。

「心配してたって言っただろうが。人の話を聞け」

木槻は目を伏せ、ため息をついた。

「頼むから、そう無茶はしてくれるな」

仕事の失敗で怒られたのではないらしい。だったらどうして、ここまで気にかける。

怒っているのが心配の裏返しであることくらい、晶にだってわかる。けれど、木槻が晶を気にする理由がわからない。

「なんで」

「あぁ？」

「なんでだよ。なんであんた、そんないちいち俺のこと気にするの。どうせ押しつけられた居候だろ？　放っておけばいいじゃないか」

晶だって、したくて無茶をしたわけじゃない。自分の限界がわからず、それでもひきうけたからと完遂《かんすい》しただけだ。結局ミスをして、迷惑もかけた、それは反省している。

今はちょっとうたた寝してしまった。木槻が戻ってきたら夜食をだして、自慢してやるつもりだったのに。

「おまえなあ。一緒に暮らしてる人間が相手を心配するくらい、あたりまえのことだろうが」

あたりまえなんかじゃない。少なくとも、晶にとっては。母親だって、晶の心配などしやしなかった。風邪をひいても寝こんでも、たいていは自分で治すしかなかったのだ。

「そんなの、俺知らないよ」

あらがう声が自分でもわかるくらい弱くて、情けない。

「だったらこれから憶えろ。俺は心配するんだよ」

「………」

困る、のだ。

あまり感情を近づけないようにしようと決めたのに、心配などされたくない。これまでしてきたような計算からではなく、本心で甘えたくなってしまう。頼りたくなってしまう。

「湯、沸かしてくるから、そのあいだに着替えちまえ。茶でも飲んで身体温めて、それでもう一回寝ちまえ」

ふわ、と木槻の手のひらが晶の頭を撫でた。

「夜食、つくってある。腹減ってたら食って」

「ああ。さっき見た。ありがとうな」

きかん気の子どもでもみるような、呆れながらのどこか温かい眼差しが、晶へと向けられた。

（ああ、まただ）

ここへ来てからときどき、こんなふうに見られている。

大きな手のひらの感触が、いつまでも残っている。どうしていいかわからなくなって、晶はぐしゃぐしゃと乱暴に髪を掻きまわした。

＊　＊　＊

めずらしく、木槻と二人での仕事だった。

仕事自体はたいしたものではなくて、たかが書類数枚をとどけるだけだ。晶は免許がなく運転手代わりすらつとまらないので、同行したところで役にはたたない。

「行くのはいいけど、なんで俺まで？」

「お得意相手なんでな。せいぜい愛想ふりまいてくれ、とさ」

青山の指示とあれば、従わなくてはならない。こんな楽な仕事なら歓迎だ。

ただ、木槻は出かけるまえからどうにも不機嫌だった。ずっと黙ったまま車を運転し、昼日中の混雑の中、一言も口をきかなかった。今回は晶も怒らせた記憶はなく、ならば放っておくしかない。

着いたのはファッションビルの中のオフィスで、女性社長がでてくる。ずいぶんと豪勢な美人だった。

（こんなのと木槻を並べたら似合いすぎだよなー……）

木槻は変わらず無愛想なまま、彼女となにごとかを話しあっている。呼ばれるまで、晶は特に用はない。勧められた椅子に座ったまま、ぼんやりと二人を眺めた。

年齢もスタイルもぴったりで、端《はた》から見るとなかなかいい雰囲気だ。

なにが不満なのか、木槻の渋面は解かれないままだ。いくら対人関係が苦手だといっても、どうにもおかしい。客のまえであんな態度をとるほど、子どもでもないだろうに。

彼女は木槻の不機嫌さなどまるで気にする様子もなく、華やかな笑みを浮かべて話している。お得意様だと言っていたから、慣れているのかもしれない。

「岡野くん？」

鈴のような声で、晶が呼ばれた。

「はい」

「麻文さんから噂は聞いてるわ。本当に綺麗なのねえ」

「……どうも」

目のまえのゴージャスな美人から言われると、聞きなれた言葉も嫌みのように響いた。しかもこの美人、木槻の仏頂面とは対照的に、やたらと楽しそうだ。

「あらやだ。お世辞じゃないわよ？　但馬雛子《たじまひなこ》といいます。以後よろしくね」

晶と目をあわせ微笑んだ瞳は、どうしてか意味ありげだ。興味深く、まるで悪戯《いたずら》めいたそれにどう反応していいやらわからず、どうにか空笑いで誤魔化してしまう。

よろしくと言われても、なにがどうなっているのかさっぱり謎《なぞ》だ。

ひょっとして、彼女に会わせるためにわざわざ自分が連れてこられたのだろうか。さしだされた手におざなりの握手を返しながら、ふとそう思った。

ビルを出て車に戻ると、木槻は大きく息をついた。緊張でもしていたのか、肩や首を動かしている。

連れてこられたのは、顔あわせのためか。木槻に訊ねると、予想どおりの答えが返ってきた。

「そうらしいな。決めたのは青山で、俺じゃない」

そもそも渡した書類や打ちあわせ自体が急ぐ案件でもなく、青山の都合がつかないなら後日に延ばしてもよかったものを、青山の一存で「二人で行ってこい」になったという話だった。

「あんたどうしてそう青山さんに弱いんだよ」

木槻がここへ来るのを渋っていたのは明白で、終わったとたんに気配まで和らいでいる。

「あいつのやることはだいたい筋が通ってるんだよ。自分の都合で動く奴でもないしな」

筋が通るではなく、裏がある、が的確そうだ。青山の筋など、いったいどこを通っているやら定かではない。

「ふうん、ずいぶん信頼してるんだね」

棘のある嫌な声になった。晶は自分自身にうんざりして、窓の外へ視線を投げた。

「そりゃあ長いつきあいだからな。友達なんてそんなものだろう」

知らない。友達と呼べる人間などいない。

「俺、忙しかったし。友達とかいない」

「そうか」

寂しいと思ったことはない。それでも、年齢を重ねたおとながそんなふうに平然と言えてしまうのを羨《うらや》んで、妬《や》いた。

(木槻に言ったってしょうがないのに)

晶が自分で選んで、人を遠ざけてきた。彼らとは違うのだし、羨んでもどうにもならない。

母親でさえ自分を捨てていったのに、他の誰かなど信用できない。善意をあてにして縋《すが》りなどしたら、いざ失くなったときに路頭に迷いかねない。

それでいいと思っていたのに、羨むなどどうかしている。やつあたりに投げつけた言葉のきつさがみっともなくて、嫌だ。

「……あれ」

車は会社とは逆方向へ走っていた。

「道、間違ってるんじゃない？」

「あってるよ。ちょっとつきあえ」

「いいけど、どこ行くの」

「昼飯だ」

それにしては距離が長い。たかが昼食に、どこまで行こうというのだろう。次の仕事は入っていないから、時間に余裕はあるけれど。

木槻は無言のまま車を走らせていた。やつあたりした自覚があるだけに、晶からも用がなければ話をしづらい。黙ったまま、ひたすら窓の外に流れる光景を眺めつづけた。

（ここ――）

晶は目を瞠《みは》った。すり抜けていくビルの姿に見覚えがある。

まさか。

「ここ、って」

車が停まったのは、元の『シルク』があった場所だった。

「メシ、食ってこい。美味いって評判らしいからな」

木槻が正面を向いたまま言った。

偶然とは思えない。ここになにがあったか、木槻が知らないはずはないのだ。

それでも、木槻はあの店について一言ももらさない。あくまで、空惚けるつもりのようだ。

（なんのつもりだろ）

もうすでに新しい店になってしまっているが、外観にさほど変わりはなかった。新しい店はまだ開店してまもないようで、祝いの花が飾られている。

「あんたはどうするんだよ」

「野暮用を片づけてくる。中で待ってろ」

店のすぐ傍で晶を降ろし、木槻は車ごとどこかへ行ってしまった。一人残された晶は、あらためてその建物をじっと眺める。

なんといっても四年間働いた場所だ。あんな形で失くしたとはいえ、見れば懐かしさがこみあげてくる。

「なんだかな。……俺も、頑張っちゃってたよな」

眼鏡や制服で懸命におとなを装おうとしていた自分が、恥ずかしくも可愛くも思えた。わざと荒っぽい言葉で突っぱってみたり、親しい人間もつくらず、誰に対しても隙を見せまいと気をはりつづけた。

店を辞めてからは、少なくとも年齢を誤魔化す必要はなくなり、木槻が子ども扱いするせいもあって、だんだん地に戻ってきている気がする。

よくない傾向かもしれない。このまま普通の人たちのように日々をすごしてしまったら、ふたたび一人になったとき、以前と同じにはできなくなりそうだ。

晶はイタリア風に飾りたてられた店へ、足を踏みいれた。

「いらっしゃいませ」

軽やかなドアベルとともに、明るい声がかかる。

「晶？　晶だろ」

「って、え？　――高見さん⁉」

注文を受けにきたウェイターは、晶を見るとぱっと顔を輝かせた。

高見たちとはあれきり連絡をとっていなくて、引越ししたことも新しい職場のことも、以前のアルバイト仲間の誰一人にも話していない。

「どうしてここに？　そうか、あいつに訊いたんだろ。畜生、この薄情者が。せめて無事かどうかくらい報《しら》せてくれたっていいだろうが」

「いや、あの。ええと、高見さんは？」

「俺はここで働かせてもらってる。店の後始末やらなんやらでしばらく通ってたらさ、今のオーナーに会って拾ってもらったんだよ。俺、『シルク』に勤めて長かっただろ？　なんとなく、この場所から離れがたくてさ。ここ、ついこのあいだ開店したんだ」

このとおり、中身はすっかり健康的になっちまったけどな。高見が言って笑った。

「マスターは、あれきりですか」

「ああ。連絡もなにもなし。おかげで苦労したんだぜえ。けっこうゴタゴタ面倒があって。マスターの代理って奴には会ったけどな」

ひょっとして、木槻じゃないのか。

今さっきまで一緒にいた男の顔が、ちらと脳裏に浮かんだ。夜逃げ騒動に一役買っていたのだし、他にも頼まれている可能性はあった。だいたい、晶をここへ連れてきたのはあの男だ。

「代理ですか」

「店の書類関係はぜんぶそいつが持ってきたんだよ。弁護士と一緒に、細かい処理も手伝ってくれた。おまえ、今、あの男のところにいるんじゃないの？　たしかそんなふうに聞いたけど」

「ええと、はい。まあ」

やっぱり、木槻のことだ。

「会社に雇われたんだってな」

「いろいろあって、そんなことになりました」

「おまえがどうなったか気になってさあ。アパートはひき払ったあとだったし、これでもずいぶん心配したんだぜ。家主も行き先知らないって言うし、このあたりのスナックまわってさ」

「すみません。つい、連絡しそびれて」

「ったく、いいけどな、元気そうだし。このまえ、開店当日にその男が来てくれてさ、そんで晶がどこにいるか教えてもらったんだ。連絡先も聞いた。顔見に行こうか迷ったんだけど、ばたばたしてて」

「そう……ですか」

高見にはアルバイトをはじめたころから世話になっていた。様々な失敗を庇ってもくれたし、一緒に莫迦騒ぎして一晩すごしたことも、何度もある。

それでも、まさかこんなふうに気にかけてくれていたとは知らなかった。

「おまえ、すっかり若返ったな。今、楽しいか」

「若返ったってそんな」

「トシ相応っつーの？　そのほうがいいぜ。なんか明るくなったカンジ。大変だったもんなあ、今まで。よかったな、やっとおちつけて」

泣き笑いのような複雑な表情で、高見は晶の頭をぐりぐりと掻きまわした。

「またいつでも遊びに来いよ。そのうち、こっちもおちついたら店の連中と同窓会代わりに呑み会やろうぜ？　必ず連絡しろよ」

「わかりました」

くどいほど念を押され、高見は仕事に戻っていった。入れかわりに、木槻が入ってきて晶のまえへ座る。

「あんた、企《たくら》んだな」

「なにがだ。ここを買いとったのが知りあいってだけで、たまたまだ」

なにが「たまたま」だ。

「おまえもウチの人間だし、もういいだろうから話すけどな。マスターに、店をひき払うところまで相談されてたんだよ。従業員たちも、なるだけいいようにしてくれって頼まれた。おまえの歳を知ってたのはそれでだ。おまえがいちばん大変だろうって言っててな」

「……そう」

「さっきここで喋ってた奴、おまえをずいぶん心配してたぞ。引越しして行方《ゆくえ》くらましてるってな」

「さっき言われたよ」

心配してもらえるような仲ではなかった。辞めてしまえばそれきりだと、晶のほうでは今まで思いだしもしなかったのだ。

「おまえ、自分が考えてるより周りに好かれてるよ」

「…………」

「和真も青山も、俺も――な。友達とは言えんかもしれないが、おまえを大事な仲間だと思ってる」

とつとつと、木槻が言った。

「――うん」

ずっと一人だと思っていた。今までも、これからも。

哀しいわけじゃない。けれど、晶はどうしてか泣きたいような気分だった。

(これが言いたかったのかな)

ここへ連れてこられた理由は、今の話をするためだったのかもしれない。

なんて、――なんて男なんだろう。

「泣くなよ」

「泣いてねーよっ」

「そうか」

今にもあふれそうな目元を隠そうと、晶は顔を背けた。滲《にじ》みだす雫を懸命にこらえる。それでも、包みこむような温かい木槻の眼差しを感じて、しばらくは収まりそうになかった。

＊　＊　＊

季節はゆっくりと、夏から秋へ移りかわっていく。日中は相変わらず暑い日が続いているが、陽が落ちるとそこそこにすごしやすい。

「今晩は、遅まきながら晶くんの歓迎会をしまーす！　だから全員、とっとと仕事を終わらせるように」

青山のお達しは唐突だったがこの日はめずらしく、四人が四人とも暇だった。事務所に顔をだした和真の友人のアルバイター数名も、宴会とあらばと飛びいり参加を表明している。

六時になったとたん、受付の電話に留守番応対をセットし、青山は和真と木槻を買いだしに走らせた。緊急の電話番を理由に自身は居残るのが青山の青山たるゆえんで、彼の命令ならば地の果てまでも行くだろう和真を除く全員が、「留守電があるなら居残りはいらないだろう」と思いつつも口はださない。

「宴会ってここでやるのかよ」

晶が訊ねると、青山は当然と頷いた。

「どうせ呑むだけだから、どこでも一緒だろ。ここなら誰が潰《つぶ》れても大丈夫だしね」

「それはいいんだけど」

晶の手に、エプロンが渡される。どういう意味なのかを悟り、ため息がこぼれた。

「なんで俺がこんな恰好させられるのか、一応訊いていい？」

「似あうよ、それ。僕からの入社祝いだからね」

相変わらずにこにこと微笑みながら、青山が言った。

「そういう問題じゃなくてさ」

ぜんぜん、嬉しくない。

「エプロン似あうって言われて、嬉しいわけないだろ。っつか、俺の歓迎会なのに、なんで俺が準備させられるのさ」

「だって、晶くんがいちばん料理上手じゃない。宴会に肴はつきものだし」

「だ、か、ら！　どうして俺がつくるんだよって訊いてるんだけどっ」

「それは歓迎会っていうのが単なる呑み会の口実だからです」

そんなことだろうと思った。

まるで悪びれずに言った青山に、もはや反論する気も失《う》せる。

「下戸《げこ》がいるからねえ。せいぜい食事でも豪勢にしてやらないと。全員会費は一緒だし、あとで文句言われちゃうからね。おっと晶くんはタダだからね」

「ああそうですか。そりゃどうも」

その分、労働でしっかり補わされているのは気のせいか。

様々積みあげられた食材を片端から料理していっても、大皿はたちまち空になる。つくってもつくってても足りなくなる肴に、晶はとうとうキッチンに立ったまま宴会に参加する、というどこが歓迎されているやらわからないような状態に陥った。

「晶くん、次なにかある？」

「チョリソー焼いた。あとは豆腐サラダともろきゅうと焼きうどん」

「ありがとう」

キッチンへ顔をだした青山が空の大皿を渡し、代わりに山盛りの料理を抱えて『宴会場』へ戻っていく。とりあえず喋る言葉はまだしっかりしているが、この先も無事でいるのかどうか、保証はない。

（しかも俺だけ素面《しらふ》だし）

泥酔した誰かの面倒を見るのはたいてい、素面の人間へ押しつけられると決まっている。

そんな役割など絶対ごめんだ。

宴会がはじまってすぐ、乾杯のまえだ。晶は和真に「呑めるのか」と訊かれた。もちろん、と答えてビールを受けとろうとしたのだが、木槻に遮られてしまった。

『未成年だろうが』

まったく、堅い男である。年齢を誤魔化していたから、以前の職場で何度も呑み会にでている。酒に強い体質のようで、いくら呑んでも酔わないのは実証ずみだ。

『心配しなくても酔わないよ？』

『関係ない』

駄目なものは駄目だの一点張りで、おかげで晶だけは炭酸飲料を飲みつづけるはめになった。

誰か下戸がいるって言ったよなあ。

できるだけ面倒くさくない酔っぱらいでありますようにと祈るしかない。四年の酒場勤めで、絡まれた経験は数知れず、対処法も心得てはいるが、転職したあとでまで関わりたくない。

だが、悪い予感というのはおおよそ的中する。

「——青山さん」

「はいなんでしょう」

「どうしてコイツは潰れてんですかね」

晶は、床に転がる木槻を指さした。

「それはもちろん、僕が呑ませたからです。あっ、でもほんの一口だけだよ」

一口だけだよって、あんたねえ。

これもデジャヴュというのだろうか。以前見たのとほぼ同じような状態で、木槻が転がっている。

他の連中も程度の差こそあれ全員酔っぱらいで、まともに会話できるのはただ一人、この青山だけとなっている。

よりによっていちばん信用できない人間が残っているというのが、晶の不運だった。

「あぁ孝平ってね、実は匂いだけで酔っぱらえるんだよね」

「はい⁉」

ということは、つまり。青山が言っていた『下戸』というのは、木槻だったのか。

「せっかくの歓迎会だし、一杯くらいって勧めたんだけどさ。案の定潰れちゃった。はは」

はは、じゃない。はは、じゃ。

「これ、俺が連れて帰るんですかね」

「そうだよ。あとはよろしく。車は置いたままでいいから安心して」

「木槻ごとここへ置いてくれるっていうのは」

「無理無理無理。他の奴ら泊めるだけで店員オーバーだろう？　晶くんが素面でよかったよ」

よくない。晶は胸中で毒づいた。どうせ青山はこうなるとわかっていて、木槻に酒を勧めたのに違いない。

「これを連れて帰るの、手伝ってくれたりする気は」

「ないよ」

「……ですよね」

やはり、言うだけ無駄だった。

タクシーで連れてこられたのは庭先までで、そこから先は当然ながら晶一人で背負って運んだ。居間のソファへ転がすまでが限界で、放りなげるように木槻を寝かせると、晶もその場に座りこむ。

木槻はまるで目を覚ます様子はない。

こうしていると、初めて会った日を思いだしてしまう。あれからたいして経ってはいないのに、晶の周囲はずいぶんと変わった。環境だけでなく、晶自身も変わりかけていた。いつのまにか、他人に頼りたくなっている。甘えて、寄りかかりたくなっている。母親に捨てられたという傷は決して癒えるものではないし、未《いま》だに他人を心底信じるなどできそうにない。

それでも、木槻だけは違う。怒鳴ろうがやつあたりしようが晶への態度を変えなかった。木槻は自分を見捨てたり放りだしたりしない——そんなふうに、期待してしまう自分がいる。

「こんな甘ちゃんじゃなかったはずなんだけどな」

決して優しくはない言葉や態度で、木槻は晶に寄りかかることを教えようとする。母親にさえ甘えられなかった晶に、とうに捨てたつもりの子どもの自分を思いださせてしまう。

「ったく、俺がヤワになったらどうしてくれるんだろうね」

独り言を呟いて、木槻の顔を覗きこむ。悪戯でもしてやろうか。

ソファベッドからはみだした長い手脚、無造作に晒《さら》された、逞《たくま》しい顎《あご》のライン。穏やかな寝顔に、ふと触れてみたくなった。

「――――」

手が伸びる。晶の両手が木槻の頬をそっと挟んだ。息がかかるくらいまで、顔を近づける。

「……ん……」

木槻の口からごく小さく、低い声がもれた。はっと我に返った晶が手を離すより早く、木槻が晶の手を掴む。

「あ、……あの、っ」

「どうやらまた、酔っぱらって寝ちまったらしいな」

狼狽える晶をよそに、木槻はそう言って苦笑している。晶がなにをしようとしたのか、気づいてはいないようだ。

（俺、今なにしようとした⁉）

もし。もし、木槻が目を覚まさなければ、晶の唇は木槻の頬に触れていた。

「どうした？　顔が赤いぞ」

「あんた運んだんで暑くなったの！」

「そうか。悪かったな」

「もういいよ。でも、あんたが下戸なんて知らなかった。まえに店へ来たときだって呑んでたじゃんよ」

いくらか強い口調になってしまったのは、自分の動揺を誤魔化そうとしているせいだ。

「俺が水割りなんざ呑んだのは、あれと今回とで二度だけだ」

「そうなの？」

「匂いだけで酔うんでな」

木槻はうんざりと眉根を寄せた。

だったらどうして、晶のだした水割りを呑んだのだ。いや、そもそもどうしてカウンター席になど座ったのだろう。

訊きたくて、けれど訊けなかった。

期待している言葉と違うものを、木槻の口から聞きたくはなかったのだ。

「手、離せよ。痛いってば。酔っぱらい」

「おまえの手、冷たくていいな」

ぎくりと顔が強ばった。暑いと言い訳したのに、体温がまるであがっていないのに気づかれただろうか。

けれど木槻は、そこまで頭がまわらないらしい。普通に話してはいるが、まだ酒が抜けきっていないのだろう。摑んだ晶の手をそのまま額へ持っていき、気持ちよさげに目を閉じて

いる。

「俺、平熱低いもん」

「ガキってのはみんな体温高いんじゃないのか」

薄く開いた目が、悪戯めいた笑みを見せる。

「……！　莫っ迦野郎、死ぬまで寝てろっ」

握られた手を強引にふりほどき、ついでとばかりに一発殴って晶はそこから立ちあがる。

そのまま、乱暴な足音をたてて居間をでた。

怒った素振りの裏で、あの場から離れるきっかけができたのにホッと安堵《あんど》していた。

＊　＊　＊

一応の定休日となっている日曜も、晶は事務所に顔をだした。特に仕事は入っていないが、覚えたてのPC操作に慣れ、早く使いこなしたいなどと、もっともらしい理由をつけている。

「最近、やけに仕事熱心だねえ」

晶の手元を眺め、ショートカットキーを教えつつ青山が言った。

「あんまり根を詰めると身体に毒だよ？」

「家にいても暇だし、練習したいんですよ」

計算外だったのは、送ったついでにと木槻まで休日出勤してしまっている。二人きりで同じ家にいるのがどうにも気づまりだったからこその出勤なのに、その木槻もいるのではなんの意味もない。

（二人きりじゃないだけ、いいか）

けれど、車で送ると言ってくれた木槻の申し出を断れなかったのも、また事実だ。

木槻はついさきほどどこかへ出かけ、今は事務所にいない。

あれ以来、よくないと思いながらも、木槻を意識してしまう。彼が傍にくれば身体が緊張し、言葉は喧嘩腰に乱暴な口調になる。そのくせ、目はいつも無意識に彼を追いかけてしまうのだ。

「晶くんを働かせすぎると保護者が煩いから、ほどほどにね」

「保護者？」

画面を睨んだまま、母親はとうにいないと首を傾げた。

「孝平でしょ。違う？　向こうはすっかりその気でいるみたいだけど」

保護者――か。

たぶん、木槻はそのつもりでいるのではないかと、晶も考えてはいた。けれど考えるのと他から指摘されるのとでは違うようで、胸がぎしりと軋む。

それは、晶の望むポジションではなかったからだ。

胸の痛みを無視して、晶は平静を装ってみせた。

「木槻がなにを考えてるかは知らないけど、俺は暇なの嫌いなだけだってば。早く覚えられたら、それだけ仕事の幅が広がるだろ。俺みたいな立場じゃ、貯金は多いに越したことないしさ」

「本当にそれだけ？　急にがつがつはじめちゃったのは、なにか原因でもあるんじゃないのかなー……、なんて推測してるんだけどね」

「ないですよ。平和そのものでしょ」

いつもよりさらに人の悪い笑みを浮かべている青山は、まるで晶の気持ちを見透かしているかのようだ。

晶の、木槻に対する感情を。

あの晩、自覚してしまったそれは、青山がさきほど言ったような保護者に感じるものではない。自覚したからといって、捨てるしかないものだ。

「自分に素直になっちゃったほうが、いろいろ楽だよ？」

「俺のどこが素直じゃないって」

「思いあたる節はたくさんあるでしょうに」

指摘されれば、ないと断言はできない。木槻への気持ちはともかく、普段から素直とは表現しがたい態度でいる。

「あんたは正直だもんな」

「それが僕の美徳だからね。嫌なものは嫌だし、欲しいものは欲しい。隠してもしかたないし、謙遜《けんそん》は趣味じゃない。オープンなほうがスムーズに運ぶよ」

ずいぶんと傍《はた》迷惑な美徳があったものだ。

「嫌だとか欲しいとか、言って駄目だったらどうするのさ」

「嫌だとは言っても我慢くらいするし、手にはいらなかったら縁がなかったって諦める。それだけじゃない？」

「簡単に言ってくれるね」

「単純なんだよ。君がなにを考えてるかなんて僕には知りようがないけど、一人で考えすぎてよくない方向へ暴走するくらいなら、適度に吐きだしだほうが案外上手くいったりするもんさ」

たとえば、十四歳のあのとき。もし晶が母親に行かないでくれ、一人は嫌だと伝えたら、彼女は思いとどまっただろうか。

（――ないな）

あり得ない。たぶん困った顔をするだけだ。晶なら大丈夫だとかまるで見当違いの慰めを言われて、それで終わる。

ひきとめた自分が虚《むな》しくなるだけだ。世の中、どうにもならないことばかりなのだ。ならばせめて、平気なふりをして隠しとおしたい。あのときも、今回もだ。

「なんにせよ、あんまり無理はしないようにね。僕はともかく、孝平が心配するから。――っと、噂の主が帰ってきたようだね」

ドアの開く音に、青山がふり返った。これ以上追及されたらボロをだしかねなかった晶は、話がそれてほっと息をつく。

「なんだ？」

木槻が眉根を寄せた。青山がうっすら笑いながら、意味ありげに木槻を見たせいだ。

「いやー、いろいろとね。それより、孝平は晶くんをどう思ってる？」

「あ？」

木槻は訝《いぶか》しげな声をあげ、晶はキーを押しまちがえた。入力していた数字が消えてしまい、慌ててアンドゥのショートカットキーを押す。

（なに訊いてんの⁉）

声こそあげずにすんだが、内心は悲鳴をあげている。できるなら今すぐ、青山の口を塞ぎたい。

「なんの話だ」

「このところの晶くんの様子、おかしかったろ。やけに仕事熱心かと思えば、ぼんやりあさってのの方角向いてたりとかね」

「そうか？　ああ、……いや、うん」

木槻の煮えきらない返答に、青山が嘆息する。

「どっちだよ。まあ、返事は期待してなかったけどさ」

「期待してないなら言うな」

「それと、今日ちょっと晶くん借りるね」

「俺に断る筋じゃないだろう」

「一応ね。おまえ、この子のオヤジさんみたいだし」

「莫迦言え。俺が十六で子どもつくったってのか」

「たいして変わらないんじゃない？」

「おい」

飄々《ひょうひょう》としている青山へ、めずらしく木槻が食ってかかっている。彼らのあいだにはときおり、こんなふうに晶にはわからない言いあいがあって、つきあいの長い二人には当然だろうと納得しながらも、どうにも拭えない疎外感を覚えてしまう。

だが今回は、話題の中に晶がいた。

「ちょっと待ってよ。借りるってなに？」

青山にどこかへ連れていかれるようだが、当事者の晶はまだいっさい聞かされていない。

この場合、木槻に許可をとるより先に、晶に訊ねるのが本筋のはずだ。

「ごめんごめん、仕事だよ。急に依頼がきてね。子どもの相手なんだけど、どこか遊べるような場所へ連れていってあげてくれる？　おとなしい子だから楽な仕事だよ」

晶に伝えるのを忘れたとは考えられない。おそらく青山は、あえて今まで伏せていたのだろう。しかも、仕事の内容が子どもの相手ときている。

（俺なんかに預けて大丈夫なのかよ）

兄弟もいないし、年下と遊んだ記憶はない。学校に通っていたころは同世代と、アルバイトをはじめてから年上ばかりとしか交流もない。

そもそも、大事な子どもを晶に預けて、万一があったらどうする。

「おい、またか」

晶が訊ねるより先に、木槻が口を挟んだ。その子どもに憶えがあるのか、彼はやや目を開き気味にしている。

「そう。朝早くに電話があってね。遊びに連れていく約束をしていたのに、急な仕事で駄目になったから代わりを頼むって。で、おまえのところに電話しようと思ってたら、ちょうど二人して顔だしたからさ、いいタイミングだったんだよね」

「ったく」

木槻が小さく舌打ちした。

「知りあいなの？」

「まあな。他に誰かいないのか」

晶には短く返しただけで、そのまま青山へ話を向けた。どうやら、これ以上追及されたくないようだ。

適当に誤魔化すという芸当ができないのかしたくないのか、木槻の態度は読みやすい。青山と足して割ったらちょうどよくなるかもしれない。

「俺が行っちゃまずいんだったら、あんたが行けば？」

「おまえがどうって話じゃないんだ」

木槻の声に被って、青山の「無理だよ」という笑いまじりの声がとどく。

「孝平に子どもの相手しろって？　泣かすのがオチだよねえ」

けれど子どもの無事を願うなら、少なくとも晶に任せるよりはましな気がする。青山はその子どもをおとなしいと言ったのだし、木槻の面倒見のよさは、晶以上に青山がよく知っている。

これはなにか裏があるのだと、勘ぐるのも当然だった。

青山は晶に行かせたがっていて、木槻はそれを渋っている。どうせ木槻は、晶では危ないとでも考えているのに違いない。

よせばいいのに、反発心がわきおこる。こんなときの青山に従うと、ろくな事態にならないとわかりつつ、木槻に渋られたというそれだけで、ならば行ってやる、と逆の決意を固めてしまった。

「晶くん、どうする？　歩合もらえるなら行くよ。暇だって言っただろ」

木槻はもの言いたげに晶を見ている。それが気にくわない。無理だと思うなら、そう言えばいいのに。

晶は腹だちまぎれに爪を噛んだ。

「このところ、俺にできるような仕事、あんまり入ってなかったしね」

「うん、そうだね。ほら孝平、晶くんの給料減らすつもり？」

青山に晶までが加われば、木槻が口でかなうはずがない。

「青山、おまえまたなにを企んでるんだ」

「おや心外な。僕はなぁんにも企んでなんかないよ」

嘘ばっかり。

図らずも晶と木槻の口から、ほぼ同時にため息がこぼれた。


木槻が晶に任せたがらなかった理由、知られたくなかった事情は、拍子抜けするほどあっさりとわかった。

「お父さん」

母親が忙しいとかで一人でタクシーに乗ってきた子どもは、木槻を見るなりそう呼んだ。

現れた子どもの言葉に、晶は目を見開いた。

おそらく小学生だろう子どもはまっすぐに木槻のまえへ向かい、「こんにちは」と頭をさげる。

「元気だったか」

「はい」

親子にしては他人行儀だが、子どもを見る木槻の眼差しで、それが事実であるのがわかった。目元が、とても柔らかい。

「あんたの、子どもぉ!?」

「こいつの母親とは離婚してるけどな」

どうりで独身のくせに一軒家などに住んでいるわけだ。キッチンがやたらと充実していた理由も、これでわかった。それにしてもあの家には女っ気がなく、いったいいつ結婚していつ離婚したのか、晶は首を傾げた。

(だいぶ以前、だよな)

他人のプライバシーを突きまわす趣味はないが、どうしても気になってしまう。

「孝平、それじゃ説明になってないよ。ほら、いつか晶くんも会っただろ？　但馬雛子さん。

あの人、孝平の元の奥さんなんだよ。で、治貴《はるき》くんのお母さんね」

親切な青山が丁寧に説明してくれた。

「孝平と雛子さんは学生結婚なんだよ。しかも治貴くんが生まれてすぐ離婚してんの。こいつ、バツイチでね」

「なるほどね。それで同じ独身でも、あんたのほうがおっさん臭いわけだ」

晶が揶揄うと、木槻が嫌そうに眉を顰めた。

「それ言うなって言っただろうが」

「だって事実じゃん？」

晶はわざとらしいほど大袈裟に言い、けらけらと笑ってみせた。そのくせ、この場で頽《くずお》れそうなほど、足下はおぼつかない。

誰もいなかったら、しゃがみこんで泣きたいくらいだ。

治貴は、いつか会った美人の母親にそっくりだった。木槻と二人で彼女の元へでかけたとき、ずいぶんと不機嫌だったが、別れたあともああして話をし、子どもを預けるくらいなのだから、仲が悪いとは思えない。

かつてあの家で、木槻と一緒に暮らしていた女性。晶のように無理やり転がりこんだのではなく、木槻が望んで傍に置いた人。

（痛い、なあ――……）

胸を摑まれたように鋭い痛みが走る。

木槻が好きだ。

保護者ではなく、職場の同僚というだけでもなく。ただ晶を晶として見てほしい。彼に触れたいし、触れてほしい。

情けないことに、これが実質、晶の初恋だった。これまではあまりにも忙しすぎて、生活するだけで精一杯で、とても恋愛などしている余裕はなかった。

けれど自覚したところで、どうしようもない想いだ。

最初から『男の、しかもガキに手をだすほど餓《う》えていない』と言われている。もとより望みのない片想い。

（ただ好きなだけなのにな）

人を好きになるのが、これほど苦しいとは知らなかった。

木槻の年齢やその姿から考えても、今までにつきあった女性がいないのは不自然だ。けれど、いざこうしてあからさまな過去を見せつけられてしまうと、晶が木槻を好きでいることさえ、許されないような気がしてしまう。

どんな理由で別れたのかは知らないが、木槻と雛子とは似あいすぎるほど似あっていた。

それに比べて晶はといえば、親子ほど歳が離れているうえ、男同士だ。

これから、どうやって木槻のまえにいたらいいんだろう。

「それじゃ、よろしくね。なにかあったら連絡をくれたらすぐ迎えに行くよ」

「はい」

やはり、あの家をでよう。

青山に頼まれ、子どもの手をとって事務所をあとにしながら、晶はぼんやりと考えていた。

それも、できるだけ早いうちにだ。これ以上、傷が深くならないうちに、離れたほうがいい。

木槻といると甘えてしまうし、今の生活に馴染んでしまうのが怖い。彼に近づきすぎて離れられなくならないように、ふたたび一人で立っていられるように。

(今は、それより先に仕事だ)

誰の子どもであれ、これは晶に任された仕事だった。とりあえず、遊びに連れていき、無事に送りとどけなくてはならない。

青山から聞いた当初の行き先は、横浜の人工島にある小さい遊園地だった。そこでもいいし、近場でもかまわないからと送りだされたが、駅へ向かう道すがら、すでに晶は後悔しはじめていた。

子どもは、なにを訊いてもひたすらだんまりのままだった。

「どこか行きたいところはあるか?」

摑んだ腕はほどかないまでも、俯いたまま顔を見ようともしない。

子どもの相手など未経験だから、なにが楽しいのかもわからない。楽しめそうな遊具で思いつくのはせいぜいゲームくらいだが、まさかゲームセンターへ連れていくわけにもいかない。

「…………」

「黙ってないでなんとか言えって。俺じゃ不満なんだろうけどな」

おとなしいどころか、相当頑固だ。

さて、どうしたものか。晶は日陰に入り、どこへ行けばいいかと考えた。

もともと、木槻への対抗心でひき受けただけだ。自分の子どもなら、木槻がみるのがいちばんいいだろう。

（そりゃ俺に預けるなんて不安だよなあ）

口もきかない子どもにしたって、父親と見知らぬ男とでは、父親がいいに決まっている。

もちろん親子だからといって仲がいいとはかぎらない。母親があの調子だった晶には誰よりもよくわかるが、この子どもの父親は木槻だ。間違っても暴力をふるったり、冷たくあしらうことなどないはずだ。

「なんだったら事務所戻って、おまえのオヤジと交代するか」

「いい」

けれど子どもは、はじめて声をだした。小さくぼそぼそとした声で断り、緩く首を振ってみせる。

「可愛くねえなあ」

「そうだよ」

晶自身、子どものころにどこかへ連れていってもらった経験もない。

すっかりお手あげだ。

（しょうがねえなあ）

あとは遊園地だが、千葉のテーマパークは遠いし、なにより広すぎて晶の手にあまる。手ごろな場所といって思いあたるのは、結局、青山から聞いた予定の場所だけだ。日帰りで行けるとなると他に知らず、とりあえずそちらへ向かおうと決めた。

青山に連絡を入れ保護者である木槻の了解もとり、電車を乗りつぐあいだも子どもの手を放さないよう気をつけて移動する。

だが現地についても子どもの態度は変わらず、ジェットコースターに誘っても水族館に行こうと言っても首を振るばかりだ。どうにもならず連れていったレストランでも、頼んだジュースに手をつけようとさえしない。

「だんまりでもいいけどなあ。やっぱり、親父と来たほうがよかったんじゃないのか」

木槻でないなら、せめて青山のほうがよかったか。青山がどうして晶に任せたのかは未だに謎だが、子どもには晶では不満だろう。

「時間まで、ここで暇つぶしてもいいけどな。どうしたいか希望があるなら言ってくれ」

帰るなり残るなり、とにかく黙ったままでは動きようがない。

「……あんたも、母さんから頼まれたんだろ。僕、放っといてくれてよかったのに。一人なんて慣れてるから、あんたも適当にきりあげて帰っていいよ」

子どもの醒《さ》めた物言いにカッとなったのは、まるで以前の自分を見ているようだったからだ。

放っておけと言いながら、一人でも平気だと嘯《うそぶ》きながら、その本心ではかまわれたがっていた自分が、子どもの姿に二重写しになっている。

「ふざけるな、このクソガキ」

ぱん、とテーブルを叩くと、子どもはぴくりと竦みあがった。

「来たくないなら最初っから、事務所で言えばよかっただろうが。おまえ、俺が一人で帰れないことくらいわかってるんだろ」

放っておいていいと言われて、預かった子どもを放りだせる人間などそうそういない。

「そういう嫌みったらしいこと言うのは、本当にそうされても平気だってときだけにしとけ。じゃないと絶対後悔するからな」

裏返しの真意くらいわかるが、意図を汲《く》んでくれるかどうかは相手次第だ。喧嘩を売るなら、言ったとおりの展開になっても困らない、傷つかないと言いきれなければ、残るのは苦い後悔だけだ。

（ガキ相手になに言ってんだか）

晶の母親が、まさにそういう人物だった。晶が平気だと言えばそのまま受けとり、あっさり手を放した。

たしか最初は、まだ幼稚園に通いだしたころだった。平日の夜や週末に母親がでかけてしまうことが増え、ずっと寂しかった。

『行ってくればいいだろ。一人でだいじょうぶだよ』

拗《す》ねて甘えて本心と真逆の言葉を告げたら、母親は真に受けてしまって、その後、晶に遠慮せず楽しげに外出していくようになった。

ひどい後悔をしたものの、だした言葉はとり返しがきかない。「晶はしっかりしているから」という認識が母親の中にできてしまって、とうとう十四歳で放りだされた。

極端な例だろうが、そんなものだ。平気だと言ってしまったせいで、もう本心は違うのだと言えなくなる。

「比べてもしょうがないってわかってるけどな。俺なんか親父の顔は知らないわ、母さんには捨てられるわ、さんざんだったんだぞ。二人ともいるだけいいんじゃないの」

幸不幸は他人と比べるものじゃない。どれだけつらいかなど、当人にしかわからない。頭で理解していても、晶には羨ましく見えてしまう。

こぼれた本心に、子どもがようやく晶を見た。それでも、まだ納得しきれてはいないようだ。

「だって、僕より仕事のほうが大事なんだよ」

「あたりまえだっつの。おまえがメシ食えるのもまともな生活できるのも、ぜんぶオヤが働いてるからだろ。ありがたがっとけ。……って、かまわれたい気持ちはわかるけどな」

それでも、いないよりはいい。

「……父さんは僕がいると怖い顔してる。だから」

嫌われていると思ったから、父親の傍には寄りつかなかった。こうやって預けられるたび、適当な理由をつけてさっさと家へ戻っていた。

「いっつも、仕事で僕を預かってるんだ」

子どもはそう言って、きゅっと口を結んだ。

「あー……、あのな。俺は事情とかぜんぜんわかんないけど、とりあえず木槻がおまえを嫌ってるとかはない、と思うぞ」

この子どもを見る目が、ひどく優しかった。木槻は、本心を偽ってあんな表情ができるほど器用ではないのだ。

「顔が怖いのは地だから諦めろ。自分から話しかけてみな？　たぶん、ちゃんと相手してくれっからさ」

晶が促すと、子どもは半泣きのような顔で頷いた。

「おまえも、お父さんいないの？」

「おまえじゃなくて、晶。親父《おやじ》も母さんもいないって言っただろ。十四歳のときから、一人で暮らしてた」

「なんでお父さんたち、一緒にいてくれないんだろ。うち、ずっとお父さんいなかったんだ。友達がお父さんとでかけてる話聞いて、すごく羨ましかったんだ」

「さあな。俺にもわかんないけど、オトナの事情ってのがあるんじゃないの」

誰かを好きになって、そのまま一生上手くいくなら苦労なんてしない。報われなかったり、報われても気持ちが醒めてしまったりもする。

（ホント、きついよな）

理屈ではわかっても、感情は納得しない。オトナの事情なんか知るものか。晶だってそう言ってしまいたかった。だが誰よりもその言葉をぶつけたい相手だった母親はもう、どこにいるのかすらわからない。

「本当に、お父さん僕を嫌いじゃないのかな」

「訊きもしないで勝手に決めつけたら、親父が可哀想だろ」

「お父さん、あんまり可哀想って感じじゃないけど」

それは、そうだ。

晶が頷くと、子どもは声をあげて笑った。

「じゃああきらは？　あきらも僕を嫌いじゃない？」

「あきらさん、って呼んだら教えてやる」

「やだよ」

「だったら俺も答えてやらない」

「ずるい！　なあ、そしたら僕の秘密の隠れ家《が》教えるからっ、だから答えてよ」

「どうしようかなー」

「ねえ、駄目？」

自分を見るような、けれど自分とはまるで違う素直な子どもが眩《まぶ》しい。

「名前は？」

「治貴」

そっか。笑って言うと、「教えろってばっ」と、治貴が焦《じ》れてねだった。


治貴の母親、雛子は事務所まで迎えにくると、夕食を一緒にと晶を誘った。なにがいいやら晶を気にいったようで、さんざん事務所ではしゃいでくれ、食事を奢《おご》らせろと迫ってきたのだ。

固辞していた晶はほとんどひきずられるように、彼女の行きつけだという店まで連れてこられた。

「どうもありがとう。助かったわ」

「それ、さっきも言ってましたよ」

習いおぼえた愛想のよさが、こんな場面で役にたった。雛子に複雑な感情を抱きながらも、彼女と笑いながら食事ができる。

彼女は明るくて迫力があり、まるで台風だ。事務所に居残っていた木槻にもあれこれと話しつづけ、しまいには木槻が仕事を理由に仮眠用の部屋にこもってしまったくらいだった。弁がたちきびきびしていて、人材派遣会社の社長だというのも、なるほどと納得がいく。

青山が言うには、この元夫婦、離婚してからのほうが仲がいいらしい。

「水族館行ったんだ。こーんな大きいプールみたいなのがあってね、それと、すっごい長いジェットコースターも乗ったよね」

「楽しかったよな」

「うんっ」

最初はあれほどふてくされていたのが嘘のように、いったん打ちとけてからの治貴は素直で、可愛かった。

弟がいたら、こんなふうだろうか。

治貴の話によれば、母親とはあまり一緒にいられないらしいが、同じような環境でも晶と治貴とではずいぶん違う。きっと、治貴は成長しても晶のようにはならないだろう。

尖って見えたのは拗ねていただけで、本来は素直で人懐《ひとなつ》こい。こんなふうに育ったのは、雛子が自分を愛しているのだと、どこかでちゃんとわかっているからだろう。――わからせてやれるほど、雛子はおとなだった。

どうしても、晶自身の母親と比較してしまう。

「それでね、こんどあきらがお弁当つくって遊びに連れてってくれるって。お母さん、行ってもいいでしょ?」

母親のまえだと甘えがでるのか、ことさらに子どもっぽさが強調される。それがまた、治貴の可愛いところだ。

「もちろんよ。でも晶くん、本当にかまわないの?」

「ぜんぜん。今度は個人的になんで、もちろん料金はいただきませんよ」

考えてみれば不思議な夫婦だ。雛子は、会社にきちんと料金を納めている。ふつう、父親に実子を預けるのに、金を払うものだろうか。

二人とも嫌いあっているという様子ではなかったが、けれどどこかビジネスライクだ。

「あきらに言われて、お父さんとも話したんだ。そしたら、僕のこと嫌いじゃないって言ってくれたよ」

「あたりまえでしょう。いつも私が言ってるじゃないの」

「だっておっかなかったんだもん」

「あの顔は昔からよ。地顔なの」

「あきらもそう言ってた」

事務所で雛子を待つあいだ、治貴がおそるおそる木槻に話しかけた。彼は驚いたように目を丸くしていたが、それでもずっと相手をしてやっていた。

あの温かい眼差しで、治貴を見ていた。

もしかして、と晶は思う。木槻が自分をかまうのも、日ごろは治貴にそうしてやれないからだろうか。自分は治貴の代わりかもしれない、親子でいる木槻たちを眺めながら感じた。

「ねえお母さん。あきらと遊びに行ってもいいでしょ？」

「俺はかまいませんよ」

「そう？　なら遠慮なくお願いしちゃおうかな。私があまり治貴の相手をしてやれないから、正直言って助かるわ」

「青山さんには仕事減らすのかって怒られるかもしれませんけど」

「あは。麻文さんなら言いそうよね。よかったらときどき、私ともこうやって食事つきあって？　治貴は木槻に預けて、ぱーっと楽しくやりましょう」

「俺とですか」

「だって晶くん綺麗だし、年下の綺麗な男の子連れて歩くなんて自慢でしょ。それに、面倒

なことにならなそうだしね」

「あー……、それですか」

晶となら恋愛沙汰に発展しないから気軽で安全、おそらくそんなところだ。

「そ。一人で行くのも侘びしいし、会社の子たちじゃ仕事の延長になっちゃう。木槻は下戸だし、麻文さんと私じゃ狐と狸でしょ。考えただけでうすら寒いわよそれ」

ごもっとも、である。

「それにしても、木槻が誰かと一緒に暮らしてるって聞いて驚いたけど、なるほどねえ」

雛子が、ふっと遠くを見るように視線を浮かせた。ふたたび視線が戻ると、温かく、まるで治貴を見るのと同じ、慈しむような眼差しに変わった。

「俺は居候させてもらってるだけです。事情あって、なかなか部屋が見つからなかったんで」

「木槻は無愛想だし口のききかたがなってないから、近づく人が少なくてね。平気で傍にいられるのなんて、麻文さんくらいだったわ」

「でも、すごく優しい人ですよ」

元妻相手になにを弁護しているのか。晶は自分で呆れてしまう。けれど、言わずにはいられなかった。

「そうね。それをわかってくれる人がいないのよ。でもほら、晶くんはちゃんと知ってくれているじゃない？」

「毎日一緒にいれば、嫌でも気づくんじゃないですか」

「そうでもないのよねえ。身体が大きいうえに、ちょーっと顔が怖いでしょ。無駄に他人を緊張させるっていうか。よく知るよりまえに距離とられちゃう」

「はあ」

まあ、わからないでもない。晶だって、店がなくなったりしなければ、木槻に近づこうなどとは考えなかった。

「あれもねえ、一応、人づきあいを上手くやろうって努力はしたみたいなんだけど、今はすっかり諦めちゃって。――あぁでも」

雛子はぷつりと話をやめ、唐突に笑いだした。どうにかこらえようとしているようだが、肩が震えている。

「あなたを怒らせたって、すっごいおちこんでたらしいのね。麻文さんから教えてもらったんだけど、初対面で失敗して謝ろうと思って呑めないくせにお酒呑んで寝ちゃって、世話になったのにさらに怒らせた、って。なにしてるんだか」

初対面の日の話だろう。青山がどう話したのか、雛子はしばらく笑いがとまらないようだった。

「あれは、まあ」

たしかに、めちゃめちゃ怒っていた。印象は最悪どころじゃなかった。

「それでね？　――ああ、これは内緒にしておきましょう。木槻に怒られちゃう」

「なんですか？」

「いつか話してあげる。ねえ晶くん、木槻をよろしくね？　あれの相手は疲れるでしょうけど、私のように見捨てないでやってね」

見捨てる、か。

誰かを見捨てたりできるほど、優雅な立場ではない。もし誰かの手を掴んでしまえば、たぶん離れたくなくなる。一人でいなくていい安心感はたちの悪い薬のようで、沁《し》みついてしまえば手放せなくなる。

一人でいられなくなるまえに、だからこそそのまえに距離を保とうとしているのに。

「それ、青山さんにも言われました」

「あら。あの人も、聡すぎてときどき嫌になっちゃうわね」

苦笑いを浮かべて、雛子は一つ息をついた。そうして、すっと表情を変える。

「さて、と。この場にいない男なんかどうだっていいわ。晶くんのこと、聞かせて？　お返しに昔の木槻の話、教えてあげる。あとで揶揄ってやるといいわよ」

雛子は気分のきりかえが早く、もうすっかり、つかのまの真面目な雰囲気を一掃していた。

晶は呆れ半分に感心しながら、雛子の問いに答えていく。

聞き上手な雛子につられ、木槻にも青山にも話していない子どものころや母親について語った。話してみて、その傷跡が昔ほど痛まないのに驚く。忘れられるかといえば無理だけれど、今、もし母親が目のまえに現れたとしても、なじらずにいられるような気がする。

　こんなふうにいつか、木槻へ抱く感情も薄れていくに違いない。忘れて、雛子のようにさらりと話せるような仲になれたら、それがいいと願った。

「但馬さん」

「雛子でいいわよ、どうしたの」

「一つ、お願いしてもいいですか？」

　晶は顔をあげ、ごくりと唾《つば》を嚥下《えんか》する。

「なんなりと、どうぞ。私にできることなら。治貴と木槻をとりもってくれたんだもの。協力は惜しまないから」

「じゃあ――」

　晶は、決意して口を開いた。

＊　＊　＊

　日本中を煮たたせるような猛暑が去った。ようやく気候がカレンダーに追いつき、朝晩、すごしやすく心地いい。

このままずっと秋でいいのに。いやでも、食いものは冬がいちばん美味《うま》いんだよなあ。

晶《あきら》はたわいない自問自答をしつつ、仕事帰りに食材の買いだしをすませた。この日の夕食は木槻《きづき》の以前からのリクエストで煮物だ。

『あんた、ホンットに煮物とか好きなんだな。メシの好みまでオヤジ臭いっつか』

『それやめろって言ってるだろうが。食いものにオヤジもガキもあるか』

木槻はもっぱら和食嗜好で、なかでも大根だの馬鈴薯《じゃがいも》だのの時間がかかる煮物が好きらしい。晶が料理を担当するようになってから、リクエストされるのは煮魚に角煮、含め煮、そんなものばかりだ。おかげで晶は、夏のあいだに冷やしても美味しい煮物なんてレパートリーまで増やしてしまった。

木槻は自宅にいたころと短い結婚生活を除き、ほとんど外食ですませていたらしい。そこへきて晶が木槻の好みにあわせた味つけをするものだから、今では外で食べられなくなったなどとこぼしていた。

餌《え》づけするつもりはなかったんだけどな。ただ、どうせなら美味いって思われたいじゃん。それだけだよ。不味《まず》いとか言ったらぶっ飛ばすけど。

木槻が嫌いなのは香りや青みの強い生野菜だ。特にピーマンは大の苦手で、匂いがするだけで嫌になるらしい。

それを知って以来、次に大きい喧嘩《けんか》をしたときは庭にピーマンの苗を植えてやると決めている。

買いこんだ食材でさっそく料理をはじめていると、大根の皮を剝《む》きおわったところで電話が鳴った。晶は携帯電話など持っていないし、仕事用に与えられた分は事務所の机に置いてある。

鳴っている固定電話は木槻宛《あて》だろう。放っておいてもいいのだが、もし木槻からの緊急の連絡だったらまずい。

あんまり、電話って好きじゃないんだよな。

予告もなく急に鳴りだすので、心臓に悪い。仕事中は必要だからと携帯電話を持たされるけれど、できれば電源を切っておきたいくらいだ。

居間へ移動し、受話器をとる。名乗るより先に、女性の声が聞こえた。

「雛子《ひなこ》さん？」

『会社に連絡したら、もう帰ったって言われたのよ。今、大丈夫？』

晶には個人的な連絡先などなく、会社かこの家の電話へかけてくるしかない。雛子は以前、ここに住んでいたのだし、当然番号は知っている。

『このあいだの話だけど――』

きりだされたのは、先日、治貴《はるき》とでかけた日に雛子へ頼んであった件だ。晶は背筋を伸ばし、聞こえてくる声に耳をそばだてた。

遅く戻ってきた木槻は、食卓に準備された夕食を見て眉《まゆ》をあげた。

「なんだ、献立変更したのか」

「たまにはいいじゃん。ちょっと疲れたから、手ぇ抜かせてもらったの。不満なら無理に食わなくてもいいよ」

晶はわざとらしいくらい明るく、舌をだして言った。

本当は、リクエストされた煮ものの準備をしていた。途中にかかってきた雛子からの電話で考えごとをしていて失敗し、急遽《きゅうきょ》の変更だ。

「具合悪いときは無理につくらなくてもいいんだぞ。たまには店屋物でもかまわない」

「俺、出前って好きじゃないんだ。それに、ちょっとって言ったろ？　この程度のメシつくれないほどじゃないよ」

「おまえの大丈夫はあてにならないからな。ぶっ倒れるまえに用心しろって、いつも言ってるだろうが」

「くーどーいーよーっ。わかってるってもう。耳にタコできるほど聞いてんじゃん、それ」

「くどいほど言わなきゃきかないのは、どこのどいつだ」

「はーい、俺でーすっ」

ふてくされて手を挙げた晶の頭を、木槻が軽く叩いた。

「冗談はともかく、本当に気をつけてくれ。俺も留守がちだから、いないあいだに倒れられたら面倒みてやれない」

「そんなの平気。これでも一人暮らし長かったんだからさ。それより、もうできてるから食おうぜ」

そろそろ火の通った野菜を木槻の小鉢へぽいぽいと放りこむ。長ネギとニラを大量に入れると、木槻の顔が微妙に曇った。食べられなくはないし香りなど煮えてほとんど消えているが、それでもあまり好きではないのだ。

「そんな顔すんなって。治貴に『野菜食え』って言えなくなるよ？」

「俺はこれ以上成長する必要ないからいいんだ」

「そんなガキみたいな言い訳するかなー」

ときどき、拗《す》ねた子どものようになるから可笑《おか》しい。見た目も中身もきっちりおとなくせに、こんなふうに隙《すき》を見せるからずるいと思う。

手のとどかない場所から、晶の傍《そば》にまでおりてくる、そんな錯覚を抱《いだ》いてしまうのだ。

しばらくは黙って食事していた。話題があれば別だが、もとから口数の多くない木槻といると、なにも話さないでいるのはめずらしくない。

静寂も気づまりにはならない。木槻は周囲を緊張させると雛子が言っていたけれど、晶にとってはむしろおちつける相手だ。

神経を張って気遣わなくていい。木槻が態度で教えてくれていたし、初対面が初対面だけに、今さらとり繕《つくろ》うのも無駄だ。

ふだんなら慣れた沈黙だが、今日にかぎってはおちつかない。

(早いほうがいいって、わかってるのに)

自分で決意したくせに、いざ事態が具体的になってくると狼狽《うろた》えてしまう。どうにか、『その日』がくるのを延ばそうと、延ばせる理由ばかりを探したくなる。

「どうした?」

木槻が箸《はし》をとめ、晶を見た。

「……え?」

「さっきから、ちらちら見てるだろ。なにか話があるんじゃないのか」

話は、ない。というより、あるのだが言いたくない。言えばそれが現実だとわかってしまうからだ。けれど、ずるずる逃げていてもどうしようもないのだ。

意気地のなさが情けない。これでは、一人で生きていくなど無理だ。誰かに頼るとか縋《すが》るとか、そんな気持ちはとうに捨てたはずだったのに。

「――あのさ」

「うん？」

「今日、雛子さんから電話があって、またメシ食いに行こうって誘われたんだけど」

嘘ではない。けれどそれだけでもない。雛子が連絡をくれた本題は別にある。

――なるべく早く、家を探したくて。

雛子に頼んであったのは、木槻の家をでるための助力だった。どうせ一人なのだし、風呂とトイレとまともなキッチンがついていれば、狭くても古くても周囲の環境が悪くてもかまわない。できれば保証人をたてなくてすむのがベストだが、もし必要なら会社、または親族以外の人間でも大丈夫なところ。少なくとも就職している分、前回よりは条件はよくなった。

自分でも探してみるが、もし雛子に心当たりがあれば教えてほしい。

治貴と出かけた日に食事の席で話してあって、雛子からその連絡があったのだ。

『本当にいいの？』

何度も念を押された。もともと部屋が見つかるまでの緊急措置で、居候《いそうろう》させてもらっていただけだ。早いに越したことはないだろうと答えても、雛子はまだ晶の翻意を待っているようだった。

そのとき彼女は、晶がいれば木槻の状況がわかるからと笑って言っていたのだった。

（これ以上傍にいたら一人でいられなくなる）

だから木槻の元を離れようと決めたのに。雛子から物件の話を聞かされ、具体的になったとたんに、躊躇《ためら》っている自分に気づいた。

(背中を押してもらったんだ)

早く離れなくてはと思いながら、こうして木槻の家に居続けている。この家は居心地がよかったし、木槻が言う「お帰り」という言葉に、自分はここにいてもいいんじゃないかと安心しきって、引越してきて以来、家探しなどまったくしていなかった。

これがきっと、いい機会だ。

「メシの誘い？　いいんじゃないか。せいぜいたかってこいよ」

「いいのかな」

「あれは社交辞令で誘ったりはせん。おまえを連れていきたいから誘ったんだろ。それよりどうした、さっきからあまり食ってないな。食欲ないのか」

見ていないようで、しっかり見ている。これだから木槻は――困る。

「なんだか疲れがたまってるみたいでさ。今日は早く寝かせてもらうわ。悪いけど、片づけ頼める？」

「そりゃいいが、本当に大丈夫なのか？　具合」

「しつこい。だいたいあんた、過保護すぎるんだよ。俺は治貴じゃないんだし、自分の面倒くらい自分でみられる」

「どうだか。職と家探せって泣きついてきたのは誰だったか」

「そりゃ、悪いと思ってるよ」

反則だ。その件を持ちだされたら、晶には反論の余地がない。そうして、電話での話を伝えずにはいられなくなってしまう。

「おい？　気にしてんのか」

「そりゃね。早いとこ家探すから、もうちょっと待ってて」

「おまえがかまわないなら、ここにずっといたっていいんだぞ」

「そういうわけにはいかないだろ」

「どうしてだ？　俺は美味いメシが食えるし、掃除も楽になった。このままでも不都合ないんだがな。やっぱり一人のほうが気楽か？」

「そうじゃなくてさ」

「掃除だの洗濯だのが面倒なら、交代にしてもいいぞ」

「平気。あんたほど仕事忙しくないし、時間あまってる。どっちにしろ、一人でもやらなきゃならないし。そういうことじゃないんだ」

言おうか言うまいか、晶は迷った。そうして、できるだけ軽く、揶揄《からか》うような口ぶりで話す。

「あんただってまだ若いんだしさ。再婚とか、そうじゃなくても女とつきあうのに、俺が居候してたら邪魔じゃん？　これでも気ぃ遣ってんだよ」

「くだらんことは考えなくていい」

「雛子さんに電話で訊《き》かれたんだけど」

「あ？　あいつがなんだ」

「あんたに、新しい女の気配ないかって。冗談半分だったけどね」

誤解しないでね、と、雛子は念を押していた。

『今さら木槻をどうこうっていうのは、一ミリもないの。考えただけで笑っちゃうくらい、まったくないから』

幸せになってくれるなら、それはそれで嬉《うれ》しい。反対だとか邪魔しようなんて気持ちは欠片《かけら》もないのだと言った。再婚話があっても木槻当人は言わない。おそらくぎりぎりまで黙っているだろうから、気配を感じたら教えてほしかったのだと、話のついでにでただけだ。

『いっそ、晶くんが女の子だったらねえ。そのまままくっついちゃいなさいってけしかけるところなんだけど。ああ、私は男の子でも反対しないからね？』

ころころと笑いながら告げられた言葉に、晶はおかしな声をあげなかった自分を褒めたたえたいくらいだった。

『なに言ってるんですか』

『木槻は顔もそこそこだし家もあるでしょ。面倒見もいいし、煩《うるさ》い家族もいないわよ。まあ、子どもはいるけど。どう？』

どう、と言われても。本心を見透かされたようで狼狽えたが、どうにか声にはださずにすんだ。

「女？　なんだってあいつがそんなこと気にするんだ」

「放っておくとあんたはずーっと一人でいそうだからだって。寂しん坊のくせに一人で平気って顔してるからしょうがない、ってこれ雛子さんが言ったんだからね」

「今のところ予定はない。女ッ気《け》がないのはおまえも知ってのとおりだ。あいつの軽口なんざ無視しとけ」

「あんたそれで平気？　ひょっとして、俺がいるからここに連れてこられないだけじゃないの」

「莫迦《ばか》。居候に遠慮なんざするか」

あっさり言ったそれは、疑わしいと思う。木槻は、少なくとも晶が居心地悪く感じるような状況はつくらない気がする。ただでさえ過保護で、晶を子ども扱いするきらいのある男なのだ。

「それならいいけど」

木槻が他の誰かといるのなど見ていたくない。見たらきっと、笑って冷やかして、軽口を叩いたあと、一人でこっそりおちこんでいる自分が容易に想像できる。けれど、それと同じくらい、木槻の邪魔はしたくないというのも本心だった。

別にいい子ぶるつもりはない。そんな殊勝な感情ではない。ほんのわずかでも、いなければよかったとか邪魔だとか、そんなふうに思われたくないのだ。

（今は誰ともつきあってないとしてもなあ）

いずれ、そんな日がくるのだろう。

「まだなにか言いたそうだな」

視線をうろうろさせていたのに気づかれたようだ。木槻に「言え」と促され、どうしようか迷いながら、晶は口を開いた。

「いや、うん。あんただって男だし、……その、たまんない？」

一瞬意味を計りかねたらしい木槻が、意図に気づいて目を剝《む》いた。

木槻は飲みかけたミネラルウォーターに噎《む》せて喉《のど》をつまらせ、唸《うな》るように言った。

「――ッ！　お、まえなに考えてるんだっ」

「だって、やっぱそういうのってあるじゃん？　したくなるっていうか。あんた商売のお姉さんたち嫌いそうだし、どうしてるのかと思って」

「おまえと一緒にするな」

「どうしてさ。一緒だろ、男なんだから当然じゃん」

「歳《とし》が違う！　木の股《また》見てもやりたくなるようなガキと一緒にするな」

「木の股って」

そんなので勃《た》つわけないだろ。晶は嫌そうに口元を歪《ゆが》めた。

「そういうときは言ってよね。ちゃんと席外すし」

「ないって言ってるだろ」

「なんで？　まさかもう枯れちゃったとか」

「なんてこと言いやがるんだ莫迦ッ。あいにく枯れちゃいないがな、バツイチで子持ちでおまけに無愛想な男のところになんぞ、好きこのんで寄ってくるヤツはいないんだよ」

「そうでもないよ」

「しつこいぞおまえ。もう終わりだ、この話。だいたい俺の性生活なんぞ、おまえにはどうだっていいだろうが」

「よくないよ」

「万が一だがな、誰か酔狂なヤツがいたとしてもだ。おまえを追いだしたりはせんから安心しろ」

「追いだされなくたって、俺からでていくから平気だよ。そんなことであんたを困らせたりしない」

どうやって木槻に伝えたらいいのかとぐずぐず考えていて、鍋《なべ》を焦がす羽目になったのだ。夕飯の献立が変わった本当の理由はそれだ。

もう、すべて決めてしまった。あとは木槻に話すきっかけだけだった。

「でていく？　アテもないのに莫迦言うんじゃない」

すっと木槻の目が眇《すが》められた。

「もう決めたんだ。見当もつけてある。次の休みに部屋見にいって、問題なければ決めてくる。だからさ」

まるで些細《ささい》な話のように、晶は感情のこもらない声で言った。

これで終わりだ。

木槻との同居生活は楽しかった。はじめて、おちついてすごせる家だった。本当はずっと、木槻の傍で暮らしたかった。

けれどこのままいたら自分は、ますます彼に傾いてしまう。

「どうしてだ。なんで急にそんなこと考えた？　一言くらい相談もなしか」

「どうだっていいだろ。はじめから急場凌《しの》ぎの居候だったんだしさ。俺のことだし、あんたに迷惑はかけないよ」

「そういう問題じゃないだろうが」

「なんでもいいだろ！　とにかくもう決めたの」

「だから理由を言えと言ってる！」

木槻に怒鳴られ、晶はぐっと言葉を詰まらせた。

こんなに怒るなんて考えもしなかった。——怒られたことに喜んでいる自分に、晶は莫迦みたいだと自嘲《じちょう》する。

居候の身が家をでると言っただけなのに、喜べばいいのに、どうして怒るんだろう。

期待、してしまう。ひょっとしたら木槻も、自分といるのが楽しいのだと思いたくなる。

けれどそんな期待を抱いたら抱いたで、結局、木槻が自分に向ける感情と自分のそれとの違いにつらくなるだけだ。

でていく理由なんて、一つだけなのに。けれど、どう誤魔化《ごまか》してもこの男は納得してくれそうにない。

晶はごく、と喉を鳴らした。

「言ったら納得してくれるの」

「内容次第だな」

聞いたら、後悔するくせに。

晶がなにを隠しているのか知らないから、話せと追及してくるのだ。いざ聞かされれば、困るのは晶でなく木槻だ。

（わかったよ、じゃあ言ってやる）

やめておけ、と頭の中で警告がうなるのを無視して、口が動いた。

「――だって俺、あんたのこと好きだもん」

喉がつかえた。はっきり言ったつもりだったのに、こぼれたのは掠《かす》れた、弱々しい声だ。

言ったとたん、晶の顔が赤く染まる。驚いて固まった木槻の顔が目に映った。

（ああやっぱり）

言わなければよかった。後悔しても、遅いのだけれど。

木槻はそのまま晶を凝視している。晶は、さっと赤らんだままの顔を背《そむ》けた。

「やっぱり、いい。忘れて」

「忘れてじゃないだろ、なんつったおまえ」

「いいってば！」

だから、言いたくなかったんだ。晶はその場から逃げようとしたが、木槻に腕をとられ、とめられてしまう。

「おまえ、男は勘弁なんじゃなかったのか」

以前の言葉を持ちだした木槻の声は、まだどこか茫然《ぼうぜん》としたままだ。けれど晶の耳には、まるで責めているように聞こえた。言葉が刃《やいば》になって、深いところを傷つける。

あれは、ろくに木槻を知らなかったからだ。同じ男に迫られてうんざりしていたけれど、それでも、好きになってしまったのだからしかたない。

この人を好きになろうと決めて、好きになったんじゃない。勝手に、気持ちがひっぱられただけだ。そんなもの、とめられるものなら自分でとめている。

どうしようもなかっただけなのに。

「あんた、男に興味ないって言った！　男のガキなんかに手をだすほど餓《う》えてないって言ったじゃないかよっ。だから……ッ」

諦《あきら》めようとしたのに。黙っているつもりだったのに。

ぱた、と眦《まなじり》から涙がおちた。泣くつもりなどなかったのに、ぱたぱた流れてくる雫《しずく》は、涙腺が壊れてしまったのではないかというほど、とめどなく流れていく。

「しょうがないだろ、あんたがよくなっちゃったんだから！　別に、応《こた》えてくれとか言ってないんだから、放っといてくれよ。これが俺がでていきたい理由で、知りたかったのがわかったなら、それでいいだろ⁉」

「おまえなぁ。……ああ、とにかく泣きやんでくれ」

「煩いっ、勝手に流れてくるんだからとめられないのっ」

「わかった、わかったから」

晶は顔をあげ、木槻を睨《にら》んだ。悲しくて腹だたしくてつらくて、逃げたいのに目のまえの男を殴ってやりたくて、気持ちがぐちゃぐちゃに混線している。

「とにかく、おちついてくれ」

「放せよッ」

怒鳴りながらしゃくりあげるという器用な真似をした晶に、木槻が肩を抱え強引に彼の胸元へ抱きよせてくる。

宥《なだ》めようとするのか、背中を軽く叩かれる。

「そうやって子ども扱いすんな！」

じたばたともがくが木槻の腕は存外強くて、どうにも離れられない。

「子ども扱いじゃなくてな」

頭上で、木槻がため息をつくのが聞こえる。

「なにも言わなかったから、おまえがそんなふうに想《おも》ってくれてるなんて知らなかった。ぜんぶ決めるまえに、どうして俺に言わない？」

「言ったら、あんた困っただろ」

今だって、困っているくせに。

この優しい男は、晶が気持ちを伝えたらきっと困惑する。ただ好きになっただけで軽蔑《けいべつ》したり遠ざけたりするような冷たい人間じゃないと思うからこそ、今の今まで黙っていたのだ。

結局言ってしまった今、やっぱり狼狽えている。

「そりゃまあ、そうだけどな。だからって、返事もさせてくれないつもりか」

「返事って」

ぐず、と洟《はな》を啜《すす》りあげた晶の背を、木槻の手が撫《な》でる。

「口が巧《うま》くないから、言いかたが悪いのは勘弁しろよ。……あのな、今までたしかに考えたこともなかったが」

「だからいいってば、もう」

「最後まで聞け！」

強く言われ、晶はびくりと肩を震わせた。

「あー……、だからだな。別に困っちゃいない。おまえがでていくって言ったのが、自分でも驚くくらいショックだったんだよ」

言葉を選びながら、木槻がゆっくり話した。

「こういうのは卑怯《ひきょう》かもしれないがな、おまえが可愛《かわい》い。泣いて好きだって言ってるおまえ見てて、応えてやりたいって思ったさ」

「同情がほしいわけじゃないよ」

可哀想《かわいそう》だから気持ちは受けとめる、なんてのは真っ平だ。

木槻に抱きよせられていると温かくて心地よくて、このままずっとこうしていたくなる。それでも、同情されるくらいならきっぱり断られたほうがいい。

「離せってば」

嬉しいとか可愛いとか言っても、実際に迫られたら困るくせに。

「いいから最後まで聞けっての。ホントにおまえは短気だな。俺は嬉しかった、って言ってるんだ。だから理由がそれならでていくなんて莫迦言ってないで、ここにいればいいだろう。あとのことはゆっくり」

考えていこう、と続いた木槻の声を遮り、晶は言葉を重ねた。

「じゃあ、――抱いてよ」

自分の「好き」がどういうものか、きっと木槻はわかっていない。こんな場面でまで子ども扱いされるのは我慢できない。

「あぁ⁉」

「俺としてよ。ちょっとでも、俺が嫌じゃないなら」

「なんでおまえはそう極端に走るんだ」

「ほらみろ、できないじゃん。できないくせに、変に慰めてくれなくたっていいってば」

駄々《だだ》っ子を宥めるようにされても、よけいにつらくなるだけだ。

「だからそれは」

「いいの。もう決めたんだから、でてくっ」

今度こそ力をこめ、顔を伏せていた木槻の胸元をぐいと押しのける。晶は赤い顔のまま、木槻をふたたび睨みつけた。

「……俺がおまえを抱いたら、でていかないっていうのか」

木槻の声が、色を失くす。平素よりさらに冷えた口調に震えるが、それでも晶は負けまいと脚に力をこめた。

「そうだよ」

「後悔するぞ」

「しない」

「あとで泣かれても、それこそやめらんねえからな」

ぞんざいに、吐きすてるように言って、木槻が晶を連れて動く。

「どこ行くんだよ」

「寝たいんだろ。——来いよ」


つくづく、本気で怒らせると怖い。

大股で自分の部屋へ誘《いざな》う木槻の背中や肩にまで、全身を怒気が包んでいる。

これから、——するのに。なにもそう凄《すご》まなくてもいいだろう。

ぼんやりと想像した気恥ずかしさだとか甘い雰囲気など微塵《みじん》もなくて、今さらながらに自分がいかにとんでもないことを言ったのかと思いしらされる。

(ああ、でも怒らせたのは俺か)

なんだか莫迦みたいだ。ただ、晶は木槻に触れたかっただけなのに、それがどうして怒らせてしまったのだろう。

売り言葉に買い言葉の応酬で言ってしまったけれど、抱いてよと言ったのはまぎれもない本心だった。抱いてもらえないと思った。

男のガキに興味はないと告げられた言葉は、案外と深く根づいている。

(あんたが「返事」なんて期待させるようなことを言うからじゃん)

無言のままの背中に向かって、胸中で呟《つぶや》く。

どうせ晶はガキで男だから。かつての雛子や、彼の周りをとりまいていただろう女性たちのように、木槻をそういった意味でそそることなどできやしない。

変に期待させるほうがいっそ残酷なのだと、木槻にはわかっていないのだ。

一緒にいたら、その次が欲しくなる。

晶だってれっきとした男で、たとえば立場が逆であっても、好きな相手に触れたいと思うのは本能のようなものだ。

木槻にそれを求めるのは無理だったから、どろどろと胸によどんだ澱《おり》のような欲望が膨れあがるまえに離れてしまおうと決意したのに。

もう、遅い。

挑発したのは晶自身だったが、こういう展開になるとは考えていなかった。

これからどうなるのか、大きな不安とほんの少しの好奇心、捨ててしまいたくてたまらない欲望までがぐるぐると身体《からだ》を巡っている。

木槻は乱暴にドアを開け、晶の腕を摑《つか》むと中へ放りだすように連れこんだ。

「どうした?」

「なんでもねーよっ」

めったに入らない木槻の私室には、彼の纏《まと》う匂いが濃くて。

背筋が慄《おのの》いたのは、まんざら未知の行為に怯《おび》えただけでもなかった。

じりじりと追いつめられるまま、ベッドに辿《たど》りつく。カーテンを閉めきった部屋は真っ暗で、目が慣れるまでにしばらくかかる。

促されるままベッドに腰かけると、微《かす》かに軋《きし》むスプリングの音にさえ、心臓が跳ねあがる。

「なんで俺なんかに、できるんだよ」

「言わなかったか? 寝惚《ねぼ》けてふらふらしてるとこなんざ危なっかしくて、襲われたくなきゃ気をつけろって」

「そこまで聞いてない。でもそのあと、あんたは違うって言ったろ」

「そりゃ、自分で『俺もヤバかった』なんて白状するやつがいるか? あんなのは方便だろ」

「汚ぇぞ」

「黙れ。信じたおまえが悪いんだろうが」

そんなの。……そんなの、狡《ずる》い。

低い声で告げられ、身体が竦《すく》む。ことここに至ってようやく木槻が本気だというのを覚《さと》るが、今さら遅い。それに、晶もやめるつもりなどなかった。

（だって）

ずっと触れたかった男が、すぐ傍にいるのだ。

木槻の長い指が、晶のシャツのボタンを弾《はじ》いた。節くれて不器用そうに見えるのに、やすやすとカッターシャツのボタンを外していく。いかにも手慣れた仕草が無性に腹だたしくて、晶は唇を尖《とが》らせた。

「慣れてんだね」

「そりゃ、俺もこのトシだからな。なんだ、おまえ誘ったくせにはじめてか」

（あたりまえだ）

とは、言えない。言って、もしこんなところでやめられたら、どうしていいかわからない。

「まさか」

本当はなにもかもはじめてだ。セックスはおろかキスだって、ほんの子どもがするような軽いものしか経験がない。

「なら、もういい加減黙ってくれ。気が削《そ》がれる」

「自分でするから」

襟に手をかけた木槻の手を退《ど》かせて、晶は彼に背を向けた。俯《うつむ》いて残りのボタンを外していると、背後で衣擦《きぬず》れの音が聞こえた。

躊躇《ちゅうちょ》しながらとろとろ脱いでいる晶とは対照的に、木槻はあっさりと着ていたシャツを脱ぎすてていた。椅子《いす》の背にそれをかけると、晶の肩を摑んでくる。晶はまごつく指でボタンと格闘していて、シャツすら脱ぎきれていない。

「なにやってんだ」

「あんたと違って、こっちは若葉マークも同然なんだよ」

若葉マークどころか、まだ教習所に入所したばかり、というところか。

暗闇に目がだんだんと馴染《なじ》んでくる。木槻の姿がどうにか見られるようになった。

惜しげもなく晒《さら》された広い背中や肩、隆起した胸板に、すっきりと窪《くぼ》んだ腹部。特に鍛えている様子はないのに、贅肉《ぜいにく》などと無縁の体軀《たいく》。

同じ家に暮らして風呂あがりの姿など何度も目にしている。晶だって、裸同然の恰好で木槻のまえにいたというのに、いざこんな場面になるとやたらと恥ずかしい。

俯いた晶の顎《あご》に、木槻の指がかかった。

「――――」

壊れものにでも触れるようにそっと抱きよせられ、晶は彼の首筋へ腕をまわした。

「ん……っ」

目を瞑《つぶ》って、近づいてくる唇を待った。重なってくる荒れて乾いた感触は、存外に優しく晶の唇を包みこむ。

つ、と舌先に促され、唇をおずおずと開く。隙間からするりと忍びこんできた舌は、探るように口腔《こうこう》を蠢《うごめ》いている。

「ふ、っ」

搦《から》めとられ、強く吸いあげられると、身体から力が抜けてしまう。木槻の首に縋りついたまま、くり返されるキスに酔う。頭の芯が、ぼうっとなった。

小さく音をたて、唇が離れた。強く吸われていたせいで、少しだけひりつくように痛む。けれどそれは、決して不快な痛みではなくて。

重なった肌に木槻の張りつめた筋肉の感触が伝わる。もっと固いのかと思っていたのにとても滑らかで、晶は頬《ほお》をすり寄せて目を伏せた。

好きだと告げてから、タガが外れてしまっている。自分の中できっとどこか、壊れてしまったのだろうと思う。

そっと肩を押され、その場へ横たえさせられる。のしかかろうとする木槻に、晶は顔を背け、シーツに押しつけた。

木槻は晶のシャツを開かせただけで、他の着衣は剝《は》がさなかった。いきなりすべてを剝ぎとってしまって、怯えさせたくない。

こうしているのはなにも、莫迦なことを言いだした晶へ少し強めの灸《きゅう》を据えようだとか、そんな傲《おご》った気持ちではない。

挑発にのせられたにしろ、木槻自身が晶を抱きたいと、そう思っている。晶も知っているように、このところそういった行為からは遠ざかっていて、若いころのようにガツガツしたものはない。けれど、枯れたわけではなかった。

闇に浮かびあがる白い肌に、木槻は久しぶりの欲を覚えた。

首を捻った晶の喉元が、まるで食いついてくれと言わんばかりに露《あら》わになる。木槻は顔を寄せ、そこへ唇を這《は》わせた。

「……んっ……」

おとなしく身体を伸ばしていた晶が、びくりと肩を竦めた。物慣れない様子に、木槻はこっそりと口元に笑みを刻む。

そのまま、肌へ押しつけた唇を這いのぼらせ、すっきりと細い顎から頬を辿っていく。少しでも力をこめればそのたび、晶の唇から小さな声がこぼれた。

経験の有無くらいは見ていればわかる。

まだ誰にも触れさせていない肌を自分の目のまえに晒して、震えているくせになんでもないと強がっている晶が、どうしようもなく可愛い。

はじめてだのなんだのに拘《こだわ》るタチでもなかったはずが、初々《ういうい》しい反応を返してくる晶には、おかしなくらい悦《よろこ》んでいる。

（俺も大概、どうかしてるな）

晶が相手だと、なにもかも勝手が違うらしい。

こみあげてくる愛《いと》おしさに憑《つ》かれ、木槻は折れそうに細い腰を摑んだ。

舌で丁寧《ていねい》に薄い皮膚をなぞっていく。

「……やだ、あっ」

湿った音をたて、耳朶《みみたぶ》を唇で挟む。形をなぞるように舌で抉《えぐ》り、柔らかい皮膚を歯で摘《つま》む。

「痛い……ッ、んんっ」

埋めた木槻の頭を、晶の手が摑んだ。剝がそうとしているようだが、抗《あらが》う力は弱い。

「やだ……っ、そこ、やだ……ってば」

晶が自分の唇を手で覆う。

「どうした？」

嫌がるのは、そこがひときわ感じやすいからだ。

わかりきっている木槻はそれでも、揶揄うように晶の顔を覗《のぞ》きこんだ。

無言のまま恨めしげに見あげてくる晶の目は、うっすらと潤みはじめている。大きな目を見開いたそんな表情が木槻をさらに誘ってしまうのを、このお子さまはまるでわかっていないらしい。

手のひらでやすやすと摑めてしまう肩も腰も華奢《きゃしゃ》すぎて、乱暴に扱ったら壊れてしまいそうだ。できるだけ丁寧に触れていこうとするのが、どうにも晶には強すぎる刺激になってしまうらしい。

それでも、困ったことにやめられそうになかった。やめるどころか、逸《はや》る自分をこらえるのに苦労するくらいだ。

ほんの悪戯《いたずら》のつもりで、昂《たか》ぶりを示している自分の牡を晶の太腿《ふともも》へ押しつけてやると、細い身体がびくんと震えた。

「後悔しても遅いって言ったからな」

「……してない、よ……っ」

口先だけは必死で強がる晶に、木槻は小さく笑った。そうして、ふたたび手のひらを動かしはじめる。

はだけたシャツへ手を忍ばせ、平らな胸元をまさぐる。肌の感触をたしかめながら、ゆっくりと這わせていった。触れるか触れないかというくらいのところを指で手のひらで縦横に撫でると、些細な動きにすら、晶の細い身体が揺れる。

嫌がってはいない。触れられて悦んでいるのが、仕草でわかる。木槻は乾いた唇を自分の舌で舐《な》めた。

手で唇で肌を撫でるたびごと、晶の呼吸が忙《せわ》しなくなる。慣れない感覚に火照《ほて》る肌をもてあまし、晶がぶるっと首を振った。

「……ひゃうっ」

柔らかい肌を堪能しながら、唇をずらしていく。音をたて、胸のあちこちを啄《ついば》んだ。ごくつつましやかな乳首を指で摘み、固くなるまで弄《いじ》る。

「――あ、……あぁ、……っ、う、んっ」

晶の口から、甘く掠れた声がこぼれた。こらえようとしているようだが無駄で、なお強く弄りまわし、耳に心地よい声をひきずりだす。

固く尖ったそれの周囲を潰《つぶ》すように揉《も》み、先端を指で弾く。狼狽えながらもじわじわと快楽に侵食されていくさまが、声で身動《みじろ》ぐ姿でわかる。

「――――あ、っ」

無意識だろう、晶は背をしならせ胸を木槻に向け突きだすような体勢になった。膝《ひざ》で脚のあいだを割ると慌てて身体を丸めようとするが、もちろん許すつもりはない。強引に下肢を拡げさせてしまう。

綿のショートパンツに覆われた晶のものは、すでに布の上からでも形を変えているのがわかる。

「ねえ……っ」

「うん？」

空惚《そらとぼ》けてやると、晶は涙まじりの目で見あげてくる。もっと欲しがらせたくて、晶の状態に気づいたまま、そこを無視して身体をまさぐっていく。ときおり、偶然を装って腕や腹部で擦《さす》ってやると、悲鳴めいた声があがった。

顔を赤く染め、細い眉をきりきりと吊りあげて睨んでくる晶に、木槻はようやくショートパンツのウエストに手をかけた。一気にひきおろすと、一瞬、晶の身体が震えたが、それでも抗うことなく下肢を晒《さら》す。

覆うもののなくなった身体で、晶が木槻にしがみついてくる。あやすように背中を撫でてやれば、強張《こわば》った身体から力が抜けて柔らかくなる。

抱きしめてやりながら、脚のあいだへ手をくぐらせ、晶のそれを手のひらで包んだ。

自分と同じ身体、たしかな男の証《あかし》に触れてみても、嫌悪感など微塵もなかった。それどころか晶の反応があまりにも可愛くて、もっとよくしてやりたいと思う。

女とは違って誤魔化すことのできないそれの変容は、ただひたすらに愛おしいばかりだ。

そのまま、形をなぞってそろそろと上下に扱《しご》く。

「く――うっ」

細やかに指を動かすと、木槻の指を濡《ぬ》らす滴《しただ》りがどんどんと量を増していく。剝きだしの先端や裏側の筋をひっかくようにすると、晶が木槻の肩へ顔を押しつけてくる。

そろそろ限界のようで、木槻の背中にまわされた晶の腕に力がこもった。

もっと焦《じ》らして泣かせてみたいとも思うが、そのうちにまた機会もあるだろう。なにせ相手は初心者だ。あまり苛《いじ》めるわけにもいかない。

あっさり諦めた木槻は指の動きを速め、晶を解放へ導いていく。

「やだっ、でちゃう……からっ」

言いながら、額を首筋へ擦《こす》りつけてくる。晶が首を振るたびに、汗で湿った柔らかな髪がばさばさと音をたてて揺れた。

他人の手に達せられる経験がまるでないらしい晶は、羞恥《しゅうち》をこらえきれない様子で、木槻の肩に埋《うず》めた顔をあげようとしない。

さぞ綺麗だろうその瞬間の表情を見ていたかったが、今の晶にそれを望むのはあまりに酷なようだ。

「いいから、達《い》けよ」

嫌だと言いながらも晶の身体は言葉を裏切っている。昂ぶりきったそれを木槻の手に擦りつけるように、腰が微かに揺れている。

「やだぁっ、……も、でる、……でちゃう、からっ、離してっ」

ひく、と背中が硬直する。根本に向かって思いきり強く扱いてやると、晶は喉を鳴らして木槻の手の中に体液を迸《ほとばし》らせた。

びくびくと痙攣《けいれん》したように震えるそれがすっかりおちつくまで手で包んでやり、最後の一滴まで絞りとるように扱く。

脱力した晶が、シーツに沈みこむ。肌を噴きだした汗で湿らせ、荒い呼吸に胸を上下させている。

ぼうっとたゆたう晶の表情は無防備であどけなく、そのくせ凄まじく艶《なま》めかしかった。

「……あの、さ」

ようやく、晶が嗄《か》れた喉で言った。

「どうした」

抱きしめて、顔のあちこちに軽いキスを降らせる。晶はくすぐったそうに肩を竦めたが、それでも抗わずおとなしくしている。

「……これで、終わり？」

「まさか、なんでだ」

「だって」

晶は口《くち》ごもり、視線を外した。照れくさいのだろう。

「俺、ばっかで……。なにも、してないしさ」

「できるのか」

揶揄ってやると、晶がむっと口を尖らせた。それでも反論せずに黙っている。どうやら、意地をはるのを諦めたらしい。

「そっちはそのうちな。それより続き、いいか」

「あっ、と。……うん」

木槻は頷《うなず》いた晶にもう一度口づけて、その身体をシーツへ俯せにさせる。

いったんベッドから離れて部屋を見まわすと、目的のものは机の上へ放りだしてあった。

「……？　どしたの」

「なんでもない」

手の中にそれを隠して、木槻は晶の傍へ戻った。

熱の冷めかけた晶の身体に、もう一度最初から愛撫を施していく。背中のあちこちに口づけてやると、くすぐったがって身を捩《よじ》るが、それでもおとなしく木槻のするままに身体を預けている。

ときおり強く吸いあげて、赤い痕《あと》をつける。皮膚が柔らかいのか晶の肌は痕が残りやすく、同じような痕が身体中に散っていた。

ゆっくりと唇を滑らせながらさがっていき、ふっくらと緩いカーブを描いた尻に辿りつく。丸みを手のひらに摑むと、晶が腰を跳ねあげた。

「……あっ、……」

相当恥ずかしいのか枕に顔を押しつけているが、それでも、木槻のまえへ投げだされた身体はじっとしていた。

晶がふたたび感じはじめたころを見計らい、木槻は先ほど持ってきておいたボトルを開け、中の液体を手のひらにとった。

夏の名残の、日焼けどめローションである。いかんせんこんなことになろうとは想像もしなかったので、他に代用できそうなものが置いていない。これではあまりかもしれないが、なにもないよりはマシだろう。

「なにしてんの⁉」

晶がぎょっとふり向いた。その身体を片腕で押さえつけ、ローションをたっぷりと塗りつけた指で、晶の入り口を弄る。

「あとで洗ってやるから勘弁しろ。これしかないんでな」

「やだやだ、気持ち悪いよっ。そんなの塗らないで、……ひゃっ」

緩く揉むように液体を沁《し》みこませ、細かく皺《しわ》を刻んだ窄《すぼ》まりへ滑らせる。ぬるみを借りたせいで、強く押せば指は抵抗なくつるりと呑《の》みこまれていく。

「……変態ッ」

「なんとでも言ってくれ」

時間をかけて少しずつ、堅く閉ざされた入り口を解《ほぐ》す。浅い位置で抜きさしをくり返すが、侵入してくる異物を拒むよう、窄まりはなかなか緩もうとしなかった。

「莫迦っ。そんなこと、しなくていいってばっ」

「そうはいかないだろうが。いきなり突っこんだら裂けるぞ。血だらけになりたいのか」

軽く脅すと、晶はうっと黙った。

「ぬるぬる、する」

呻《うめ》くように言って、晶が逃れようと身体を捻る。

「そりゃそうだろうな」

「あんたは、……やじゃ、ないのかよ。そんなとこ、触って」

「あ？　別に嫌じゃねえよ。おまえに怪《け》我《が》されるよりはいい」

それだけじゃない。本来はこんなことに使うような箇所ではないのに、それでも指を動かすたび、そこは少しずつ解されていく。細い身体が木槻を受けいれようと変わっていくその様を見ているだけで、自分の指が晶の内部を穿《うが》つ様子に、ひどくそそられる。

「あっ……――！」

「ここか？」

奥の一カ所を指が抉ると、晶が小さく声をあげた。覚えたそこを執拗《しつよう》にぐりぐりと弄りつづけていると、吐息まじりの甘い喘《あえ》ぎがこぼれはじめる。

「……そこ……っ」

「いいんだな？」

がくがくと頷いた晶に、木槻はさらに指を細やかに動かした。

柔らかく蕩《とろ》けだした窄まりに、指を増やしてさしこませる。するりと呑みこみ締めつけてくるのがたまらない。

「あぁ……、あんっ、あ——ふっ……」

晶の脚のあいだへ手をまわしてたしかめると、性器はふたたび頭を擡《もた》げ、先端の窪みには雫を湛《たた》えていた。

「や……あっ」

腰をうねらせて感覚を享受しようとする晶に、木槻の昂ぶりも強く脈動する。

「も、平気……だから……っ」

きて。

欲情に掠れた、ごくささやかな声で晶が言った。

木槻の背がぞくりと慄く。誘われるままボトムのまえを寛《くつろ》げ、己の昂ぶりを開放する。のしかかって窄まりにそれを押しあてると、晶が震えた。

それでも、狭い。

可哀想だとは思うが、さりとて木槻もやめられる状態ではなくて。時間をかければせっかく蕩けたそこにはまた力が入ってしまいそうだ。

木槻は一瞬の躊躇ののち、晶の腰を掴み、先端を一気に押しこんだ。

「いた——ッ、ひっ」

ぎりぎりと限界まで拡げられた窄まりが痛々しいほどで、それでも裂けることなく、どうにか木槻を受けいれた。

シーツに爪をたてた晶の手は、白くなるほど強く力がこもっている。

「やだやだやだっ、痛いっ。痛い、……よっ」

「力、抜け」

「できな、いっ」

あやそうと、染み一つない背中にキスを散らした。腰の窪みや背筋のラインに唇を這わせながら、まえにまわした手で晶のものを握って弄ってやると、少しずつ晶の強張りがとけていく。

暴《あば》かれた窄まりが慣れるのを待って、木槻はゆっくりと動きだした。

同時に晶のそれを扱き、感覚をばらしてやる。スイッチが切りかわったのか、忙しないばかりだった晶の呼吸に、微かに甘い声が混じりはじめた。

「ふ、あ、……あっ」

晶のそこがきつくしまり、木槻のものを締めつけてくる。痛いほど強いそれに逆らってなお奥へ挿入すれば、晶のものがきゅっと反応を返した。

「は、あっ……、す、きっ」

「わかってる」

「あんたが、好き、なんだよ……っ……」

叫ぶように言った晶に、木槻はたまらず深く口づける。

「んん……っ、ん……ふっ、く――」

唇を深く、息ができないほど激しく貪《むさぼ》る。無理やりこちらを向かせた苦しい体勢ながら、舌を搦めればおずおずと応じてきた。

晶の身体が木槻に馴染んでいく。動きにあわせ、たどたどしく腰をくねらせてくる。

(――まったく)

まったく、こんな可愛いイキモノを、どうして手放せるものか。

情欲と独占欲とにかられ、木槻は晶のそこへ自身を叩きつけた。


晶が目を覚ましたのは、まだ日付も変わるまえだった。どうやら、さほど経ってはいないようだ。

身体を動かせばとたんに、腰の奥へ疼痛《とうつう》が走る。痛いし、まだ中に木槻が入っている感触がある。

(しちゃった、んだよなあ)

横で眠っている木槻の顔を、ぼんやりと眺めた。

この男がしたあんなことやこんなことを思いだすと、たまらなく恥ずかしい。晶は首を振

っていた。
気づいてみれば木槻のシャツを着せられている。微かな石鹸《せっけん》の匂いが、シャツから香りたつ。

「あれ？」

痛みまでが幸せだと思う自分は、相当な阿呆《あほう》かもしれない。
り、残像を追いはらった。

ちゃになっていたはずだ。けれど肌はやけにすっきりしていて、不快感などどこにもない。
こまめにシーツがとりかえられているのはともかくとして、だ。

「ええと――」

あのあと。疲れはてて眠ってしまった自分は、汗だとかそれ以外だとかに塗《まみ》れてぐちゃぐ

「ひょっとして」

あとで洗ってやるとか言っていたのは、もしや。

（冗談じゃなかったのかなー……）

つう、と冷や汗が伝った。

「うわっ」

考えたら、ものすごくいたたまれなくなった。

セックスはいい。行為自体もとんでもなく恥ずかしかったが、まだかまわない。

けれど、意識のない自分の身体を木槻に洗われたのだというそれは、あまつさえ着替えさ

せてもらって、下着までしっかり穿《は》いているということは。

「―――――!」

もう駄目だ。まともに、木槻の顔が見られない。

晶は節々が痛む身体をどうにか宥めすかし、急いでベッドを抜けだした。木槻を起こさないように着替えると、居間にある上着を摑み外へ飛びだした。

「どうしよ」

家をでても、行く場所はない。

以前住んでいたアパートはとうに解約しているし、他に親しい友達もいない。比較的近くにいる知人といえば青山だが、こんな状況であの男にだけは頼りたくなかった。

シャツの襟から覗く首筋にも、腕にも太腿にもくっきりと残った赤い痕。どうにか隠れてはいるものの、あの聡《さと》い男にばれないはずがない。

だいたい晶自身、隠しおおせる自信がなかった。

とりあえず今晩だけでも、どこか逃げ場所はないだろうか。上着のポケットからたいして中身の入っていない財布をだし、レシートやら名刺やらを探った。

その中に、雛子のものが混じっていた。食事に行った際にもらったもので、会社の連絡先の裏には、自宅の住所と電話番号が直筆《じきひつ》で書かれている。家探しを頼んでいたので、わざわざ記してくれたものだ。

「やっぱ家でるの断らなきゃまずい、か」

木槻は「抱けばでていかないのか」と言い、晶はそれに頷いた。これでやっぱりなしだなんていったらどうなるだろう。

あんなことまでしてくれた木槻に申し訳がたたない。まあいろいろ、好き勝手されたけれど、その気もなかったのに男の自分を抱いてくれた彼を裏切りたくない。

だがしかし、雛子にはあれほど念を押され、それでも独立すると伝えたのだ。今になって「でなくてもよくなりました」なんて、とても言えない。まして理由を訊かれたら、答えようがなかった。

(どうしろってんだ)

自分がしでかしたことながら、頭が痛い。

「こんな夜にいきなり行けない、よなー……」

ここまで迷惑をかけているのに、さらに恥の上塗りというか、迷惑のかけ倒しというのか。

それでも他にあてはない。

今までなら、気にしなかった。せっぱつまれば誰であれ、迷惑をかけようと鈍いふりをして頼った。それができなくなったのは、木槻や雛子が、自分に向けてくれる柔らかい感情のせいだ。

(どうしよう)

路上にぽつんとたたずむ電話ボックスが、晶を誘うように蛍光灯を瞬《またた》かせていた。

ワンコールで電話をとった青山《あおやま》は、木槻の焦《あせ》る声にぽかんと口を開けた。

「ああ。……うん、わかったから。とにかくそっちへ行くよ。うん、心配すんなって」

長いつきあいにもついぞ聞いた憶えのない、木槻の狼狽えた声だ。青山は首を傾げつつも車のキーをとりあげた。

間違ってもここへはこないと思うが、一応、置き手紙をテーブルへ残し、木槻の家へ向かった。

「孝平《こうへい》、なにやらかしたんだよ」

晶がいなくなった。慌てた声での電話の内容はそれだった。だが青山に心あたりなどない。二人が知る晶の知人といえばせいぜい元の店にいた高見《たかみ》くらいだが、木槻がそこへは真っ先に連絡を入れたらしい。

「……ああ」

理由を問うが、木槻は口ごもったまま言おうとしない。さっきからしきりに煙草をふかしている。滅多に吸わないくせに、吸い殻は灰皿に山積みだった。相当、動揺しているようだ。

「まあ、想像はつくけどね」

間近で見ていれば、晶の変化も彼が誰を想っているかも気づこうというものだ。あれほど露骨に木槻を見つめているのに、わからないほうがどうかしている。遠からず一波乱あるだろうとは考えていたところだ。

（あそこ、かねえ）

晶の行きそうな場所にも、見当はついた。だが、そう簡単に教えてやらないところが、青山の青山たる所以《ゆえん》だ。

「それにしてもさ。おまえが他人をかまいつけるなんて、いい傾向じゃない。雛ちゃんも喜んでたよ。なんか最近、治貴も懐《なつ》いてくれてるんだろう？」

「晶が、なにか言ったらしくてな」

「おやま。あの子はホント可愛いねえ」

こんな木槻を見るのははじめてといってもよく、可笑《おか》しくてしかたがない。深刻そうな友人をまえにさすがに吹きだすわけにもいかず、青山は懸命に笑いたいのをこらえていた。

「なあ、孝平」

「なんだ」

「おまえ、そんなにあの子が好きなの」

指摘すると、木槻が目を剥いた。だが誤魔化せるとも想わなかったのだろう。ため息をついて、「わからん」と答える。

ただ、傍から放したくなかった。

とんでもない跳ねっかえりで意地っぱりで、なにかと突っかかって牙《きば》を剝いてがなってきた子ども。

泣いて抱きついてくる晶がとほうもなく可愛くて、彼の気持ちに答えてやりたくなった。投げだされた晶を、ぜんぶほしくなった。

誰のものでもなかった晶を手にして、そうしてもう他の誰にであれ渡したくない。

とつとつと足りない言葉で語る友人を眺め、青山はめずらしいほど柔らかく笑む。

「莫迦。それを好きだって言うんだよ、ふつうはね」

「そうかな」

「おいおい、本気でわかってないのか」

さすがに呆《あき》れてしまうが、木槻はめっきり真剣である。

「……兄貴があの調子だったからな。好きだの嫌いだの、言うのは簡単だが、もっと違うもんかと想ってたんだよ。一度、手痛い失敗もしてる」

独占欲とか庇護《ひご》欲とか、友情などという感情もある。晶に対して抱いているのがいったいどれなのか、まったくわからないらしい。

「おまえなあ、自分のことだろうに」

木槻の唯一の肉親である彼の兄には、青山も様々思うところがある。男女かまわず、次から次へと渡りあるくその人のせいで木槻がどれほど苦労をしたのか知らぬわけでもないし、木槻が今まで、青山以外の人間を傍へ寄せなかった理由も知っている。

「ちゃんとできたんだろ？」

「って、おい⁉」

「僕に隠そうったって無駄だよ。ただの喧嘩なら、あの子も僕のところへ来るだろうしね」

「…………」

「できたなら、それが証拠じゃないの。たしかにあの子はおまえの好みぴったりだけど、男だよ？　自分と同じモンくっつけてるやつにその気になれたんだから、充分じゃない」

だいたい、この頭の固い男が晶に手をだしたという時点で、好き以外のなんだというのか、青山はむしろそちらを教えてほしいくらいだ。

「傍におきたくて他の奴に渡したくなくて、ついでに抱きたいなら、そりゃ立派な恋でございましょうよ。僕らは、もう十代じゃないんだよ」

うちの連中の誰かとやりたいと思う？　水を向けてやれば、めいっぱいで嫌な顔をする。

「ほらね」

さすがに気恥ずかしくなって、青山はいくらか茶化して言った。

「そんなもんか」

木槻に言われ、そんなもんだろ、と青山は笑った。

深夜、いきなり連絡を入れた晶を、雛子は理由も訊かずに招いてくれた。

「コーヒーでも飲む？」

「すみません、こんな遅くに」

「かまわないわよ、まだ十二時前じゃない。どうせ起きてたんだし。ただ、治貴が寝てるのが残念ねえ。あの子、晶くんが来たってあとで聞いたら悔しがるんじゃないかな。最近は私よりあなたのほうが好きみたいよ」

「……はあ」

雛子が晶を見る眼差《まなざ》しは穏やかで、楽しげだった。

「家の話で木槻と揉めたんでしょう。そうなるじゃないかって予想はしてたもの」

香りのいいコーヒーが注《つ》がれたカップを、雛子が晶へとさしだした。

「ところでね。家の話なんだけど」

ぎくりと晶の顔が強《こわ》ばる。どうしよう、どうやって伝えよう。

「考えたんだけど、どうしても木槻のところをでるっていうなら、いっそウチにきたらどうかなあ」

「は――い？」

今、なんと言ったのだろう。

ウチって、ここのことだろうか。

「嫌なら諦めるけど、いい案だと思うのよ。私は治貴の相手をしてくれれば助かるし、あなたは家賃もかからないでしょ。まあね、ちょっと家事手伝ってくれたらありがたいな、なんて打算もあるけど」

「あの」

「はい？」

「知りあったばっかり、ですよ？　俺、どこの馬の骨かわからないのに平気なんですか」

「ああ、それはねえ。私はあなたが気にいったし、木槻や麻文《あさふみ》さんもあなたを受けいれてるもの。悔しいけど、麻文さんの人を見る目は信用してるの。あの人、そんな甘い人間じゃないもの」

それは、わかる。なんとなく、だけれど。

「それに晶くん、せっかく得た仕事放りだして逃げたりできないでしょ。私や治貴にくだらないことしても、あなたには一つも得はないし」

「損得じゃなく、傷つけることだってありますよ」

「そうね。でも、それをわざわざ言うくらいだから、あなたはしない」

信用されると、むずがゆくなる。そこまで立派な人間ではないのだけれど、たしかに晶が雛子たちを害するなど考えたこともないから強く否定するのも妙だ。

「行き場がない子に居場所を提供するくらい、たいした問題じゃないわ。私はもっと、面倒をかけたこともあるしね」

後悔って苦いのよ。雛子はつかのま、眼差しを遠くした。

「今みたいに仕事しながらじゃなくて、気がむいたら学校へ行ってみてもいいと思うの。晶くん賢そうだし、学校ってすごく無駄な時間だけど、目的があれば楽しくもなるでしょう」

大検をとって、大学へ進んで。

そういう将来を描いたことがないとは言わない。

たまたま今の仕事が楽しくてすっかり忘れていたけれど、本来、晶に職業選択の余地はほとんどないに等しかった。

「そのあと、うちの会社を手伝ってもらうっていうのも悪くないかしらね？　先行投資で。私もさすがにこの歳だから、先々を考えちゃうのよね」

笑いながらのそれは、さすがに冗談だとわかる。

「って、あの？」

雛子はまだ若そうにみえる。いったい、何歳なのだろう。

「私？　木槻よりだいぶ年上なのよ。知らなかった？」

「嘘……っ」

「ホント。それでね、家探しの話を聞いてから、実はずっと考えてたの。でもどうやら、木槻はあなたを離しそうにないわね」

「そんなことはない、……ですけど」

迂闊《うかつ》に言えば怒られるのは間違いない、のだが。

晶がもごもごと呟くと、雛子がにんまりと笑った。

「さあて、じゃあ、その赤いのはなんでしょう」

ひょいと指さされたのは、晶の首筋だった。慌ててぱっと隠しても遅くて、晶は顔中を真っ赤に染めた。

「あっ、あのこれは！」

雛子は、たまらずといった様子で吹きだす。

「あはは、新鮮な反応よねえ」

「あの、変だとは思わないんですか」

自分と木槻とを。かつて夫だった男が晶を相手にしたことに、嫌悪しないのだろうか。

「まさか。だってこうなるんじゃないかって予想してたもの。晶くん、まるっきり木槻のタイプなのよう。ちょっと危なっかしくて、綺麗で。いやもうそのまんまってかんじ」

なにがそんなに可笑しいのやら、雛子は涙までにじませて笑っている。

「たぶん、麻文さんもそれであなたを木槻のところへやったんじゃないかしらね。私たちって、わりと考えてることが一緒なのよねえ」

「なんですか、それ」

「ふふ。あのかまいたがりな人が誰も傍に寄せつけなくなって、寂しそうでね。またそれに本人が気づいてないんだもの。やきもきして、どうかしたくなっちゃうじゃない。寂しいとか、そんなこともわからない人間なんてつまらないわよ」

「治貴とか、いるじゃないですか。あなたも、青山さんだって」

「子どもや友達と、恋人は違うわよ」

「……こっ」

恋人、って。

「俺ら、そんなんじゃないです」

あくまでこれは、晶の一方通行だ。

「そう？　まあ、いいわ。お節介はここまでにするわね。一つ弁解しておくと、木槻とあなたを無理にくっつけようとしたわけじゃないからね。化学反応が起きるかどうかは、あなたたち次第だもの」

家の件は本気だから、考えておいて。雛子が言って、すっと立ちあがる。

「話もすんだことだし、そろそろ行きましょうか」

「あの、どこへ」

「とりあえず、木槻のところ。ウチに泊めたなんていったら、あの人ぐれて手がつけられなくなっちゃう」

「ぐれるってそんな、子どもじゃあるまいし」

「似たようなものじゃない。ああ、大丈夫よ。もしあれが煩いようなら、本当に私が晶くんをもらっちゃうから。いっそ、養子縁組でもしてみる？　後見人っていうんだったかしら、あれでもいいわよねえ」

「はい⁉」

「紙切れ一枚でどうかなることって、案外世の中に多いのよ。本当にウチの子になってみる？」

それは嫌というほど知っている。けれど、さすがに無茶すぎる。ぎょっとした晶に、雛子が声をあげてまた笑った。


意味ありげに微笑んでいる青山に雛子、対照的に無愛想きわまりない木槻に挟まれ、晶はどうしていいかわからなかった。

「ええと……、ごめん」

怒っているのを隠そうともしない木槻に、晶はおずおずと声をかけた。木槻は無言のまま、晶を睨みつけてくる。

（こ、怖えー……っ）

思わず雛子の陰に隠れたのは、それはもうライオンに睨まれた小動物の本能のようなもので。

なんだか事態がごちゃごちゃになったせいで恥ずかしさはなくなったものの、今度はもっと気まずくなった。

「晶くん、やっぱり雛ちゃんのところに？」

「そうなの。いいわよねえ、頼られるって。綺麗な子に頼られるなんて、私も捨てたもんじゃないかなって思っちゃう」

「いやいや、雛ちゃんはいつもお綺麗ですよ」

「やだわあ、お世辞言って」

いつだったか雛子が言っていたが、青山と雛子のとりあわせというのは、見ていて本当にうすら寒い。

「夜中に、そんな恰好でふらつくんじゃない」

「う、……うん」

木槻に言われ、晶はがくがくと頷いた。

「あらやだ、気づかなかったわ。晶くん大丈夫だった？　変なおじさんとかに声かけられたりしなかったかしら」

だからそうやって、木槻の神経を逆撫《さかな》でするようなことを言わないでくれというのに。

「それじゃ私は帰るけど、私のお気にいりの晶くんの顔、まちがっても傷つけたりしないでね」

「なんだと⁉」

気色《けしき》ばんだ木槻にも、雛子はまるで動じない。

「晶くん、いずれウチの子になるかもしれないしね」

「って、おい雛子。どういう意味だ」

「あのね、晶くんをウチの子にするの。ね、いい案だと思わない？　治貴にもお兄ちゃんができて、あの子絶対喜ぶし」

木槻が目線で晶に確認をとってくる。晶は慌てて首を振った。

「勝手に決めるなよ」

「さあね。あなたが放っておくなら、そういうふうにしてもいいかなー……ってことよ」

それ、いい案かもしれませんねえ。とりあえず、法律上の保護者がいても悪くないな。青山がいらぬ茶々を入れてくるのに、晶は頭を抱えた。

まさに台風一過。にぎやかに騒ぎまくった青山と雛子とが帰ってしまうと、家の中は寒すぎるくらいの沈黙が支配した。

「あの、さ」

耐えきれなかったのは晶で、怒られるにしろ呆れられるにしろ、なにか言ってもらいたかった。

「黙っていなくなるんじゃない。あんなあとだし、心配するだろうが」

「だって」

恥ずかしかったのだ。

「おまけに、雛子の子ども？　冗談じゃないぞ」

「いやだからそれは、あの人の軽口で。別に、本気にしてないし」

「あたりまえだ」

即座に否定されれば、それはそれで腹がたつ。

「雛子さん、学校行ったらって言ってくれた」

「それで？　おまえ、大学にでも行きたいのか。それなら」

「そうじゃないけど、家だって借りやすいし」

こんなことを言いたいんじゃない。それでも、言いだしたらとまらなくなる。

「ここを出るって話は、なくなったはずじゃないのか」

「そうだけどっ」

「保護者だかなんだか知らんが、そんなものが欲しいなら俺の戸籍にでも入っておけ。そのほうがよっぽどマシだ」

言って、木槻はふと本気で考えてみた。

そうすれば、晶を自分の傍から離さずにいられるかもしれない。

目覚めて晶がいないのに気づいたときは、すっと全身の血がひいた。初心者の晶に対してやりすぎてしまったのかと、青くなって焦りまくった。

このまま晶が消えたらと考えると、気が気ではなかった。

そこへもって、雛子がろくでもない話をもちこんでくる。まったく、こんな思いをするくらいなら、紙切れ一枚ですむならそうして縛りつけてしまいたかった。

どうせ、かつて似たようなことはしでかしている。一度も二度も同じだろう。

世間ではこんなときに結婚したがるのかもしれないと、いささか特殊だった自分と雛子のケースに、今さらながらに苦笑が浮かぶ。

「明日にでも、役所行ってくるか。そのまえに弁護士に相談したほうがよさそうだな」

まったく青山の指摘どおりで、自分で考えた以上に晶にまいっているようだ。

この場にいない青山に向かって、こっそり呟く。

「できるわけないだろ！　そんなの」

「どうしてだ。俺は誰にも遠慮いらないぞ。雛子でも俺でも条件は変わらんだろうが」

「莫迦！　あんた真面目に言ってんのかよ。雛子さんのあれは、だから軽口だってばっ」

木槻と晶とだなんて、冗談にもならない。

「甘いな。あいつは言いだしたらきかねえし、本気じゃない話は仕事でもなきゃそうは言わん。どうせ、なにか企《たくら》んでるんだろうさ」

同性同士で結ばれた人たちが結婚の代わりにそうして同じ名前を名乗るという話は、晶だって聞いたことがある。もちろん皆が皆そうしているはずもないが、それにしても無茶すぎる。

「違うって。ああもう！　あんたは俺に同情して抱いてくれたけど、人がいいのも大概にしてよ。これ以上はもういいから、そんなことまでして、後悔されんの嫌だよ……っ」

めちゃくちゃだ。晶はなにも、木槻に籍だなんだと言って貰いたくて雛子をひきあいにだしたわけじゃない。あまりにも簡単に却下されたから、ただカッとなっただけだ。

ほんの少しだけ、雛子の提案に誘われそうになったから。

彼女はふらふらと寄る辺《べ》なく生きている晶に、居場所をつくってくれると言ったのだ。いてもいなくても同じという状態から抜けだせる。人の気持ちなんて不安定なものに頼らなくてもよくなるかもしれないと、そんな提案をあっさり一蹴した木槻には、どうせ自分の気持ちなどわかりやしないんだと思ったから、つい言ってしまったけれど。

「もうなにもしなくていいよ。俺はちゃんとここにいるから」

「言っておくけどな、同情じゃないぞ」

「じゃあ、どうして」

まさか飯炊きが欲しいわけじゃないよね。訊くと、頭を小突かれる。

「痛い」

「阿呆なこと言うからだ。そんなはずないだろうが」

だって、わからない。

「俺にもわからんよ。ただ気になるんだ。しょうがないだろう」

なあ。木槻は嗄れた声で晶を呼んだ。請われるまま傍に行くと、すぐ近くにいる木槻から微かに苦い香りがした。

「あんた、煙草……？」

「おちつかなかったんでな。封切ってないのがあって。おまえのせいで何年分かを一気に吸っちまった。匂い、気になるか？　窓は開けておいたんだがな」

そうじゃない。煙草の匂いが嫌なのではなくて。

「ごめん。——ごめんね」

ふわりと腕をまわして、ひどく疲れたような木槻の首にしがみついた。

「もういい。ただし、二度とやらないって約束しろよ」

どれだけ心配したか、少しくらいわかれ。木槻が呟くように言って、晶を抱きしめてくれる。

「うん。……うん……っ」

ぐずっと洟《はな》を啜る。なんだかこの男には泣かされてばっかりだ。

「あー……、それでな」

ふ、と。木槻の声音が変わった。

「そんなに嫌だったのか」

「？　なにが」

腕の中にぬくぬくとおさまった晶は、きまり悪げに目を背けた木槻の顔を見あげた。

「だからその、さっき」

「って、ああ」

それは言わないお約束、だ。

せっかく忘れていた恥ずかしさが一気によみがえり、晶はこれ以上ないほど狼狽えてじたばたと手脚を暴れさせた。それでも、身体を包む木槻の腕は離れない。

どうしても、言わなければならないらしい。

「こっ恥ずかしくて！　どうしていいかわかんなかったんだよッ」

「そうか。なら、いい」

ちっともよくない。

「でもなあ」

いちいち消えられたんじゃたまらんから、早く慣れてくれ。

耳元で囁《ささや》かれた言葉に、また晶が赤くなったのは言うまでもなかった。

＊　＊　＊

ぐずぐずといつまでも布団にもぐりこんだままの晶の腕を、木槻が無理やりひっぱりあげて起こそうとする。横目で時計を見るともうまずいような時間で、晶は渋々とタオルケットを剝いだ。

「そろそろ起きないと、遅刻するぞ」

「わかってるよう」

料理は相変わらず晶の領分だが、今までとは少しばかり生活が変わった。起こす一方だった晶が、週に数回はこうして、先に起きた木槻に揺すられる。ちなみに場所は木槻の部屋、彼のベッドである。

要するにセックスをした翌日、身体がだるくてどうにも起きられないのだ。

「誰が起きられないようにしたんだよ」

「おまえがあんな恰好でふらふら歩いてるから、ついな」

わずかに肩を竦めただけで、木槻は平然と言った。

「あんな恰好って、普通だろっ」

毎度お馴染みの、タンクトップにショートパンツだ。もうとうに涼しい時期だが、家の中では充分だった。

「もう夏じゃないんだから脚だすなっつったろうが」

「ただの脚だっ」

「だいたい、おまえも嫌だって言わなかった気がするが？」

この野郎。

たしかに言っていない。いないが、そもそも断れないような状況にもちこんでおいてから「明日、平気か」なんて訊いてくるほうが狡いのだ。

「ったく、いいトシしてさかるんじゃないっての。ちょっとは体力考えれば？　腰がたたなくなっても面倒なんか見ないよ」

「ほおお？」

ひくり、と木槻の頬がひき攣《つ》った。

「俺の体力不足で？　満足出来なかったか。そりゃ悪かったな」

せっかく起こした身体を、肩を摑まれまたその場に倒される。

「足りなかったなら、出勤まえにひと運動してもいいんだがな」

「わわわわわかりましたっ！　すみませんごめんなさい、もう言いませんっ。そんなにされたら死んじゃうっ」

「……莫迦」

不意に赤くなって、木槻が横を向いた。

あんなことやこんなことは平気でしてくるくせに、つまらないことで照れる男である。わかっていてわざと言った晶は、こっそりと舌をだした。


揃《そろ》って遅刻した二人を出迎えた青山は、腕を組んでわざとらしいため息をついた。

「いちゃついて遅刻すんのもいいけどねえ。ほどほどにしといてよ」

ドアベルで目を覚ましたのか、欠伸《あくび》をしながら仮眠室をでてきた和真《かずま》までが、晶と木槻を交互に見て好奇心に目を輝かせている。

「なになに、孝平さんと晶って、そうだったの？」

「そうだよ。和真は知らなかったんだっけ」

まて、勝手に肯定するな。

「だって俺、ほとんどここにいねえもん。んで、いつから？」

「どうでもいいだろ、そんなこと」

晶は水を向けられ、拗《す》ねてみせるより他はない。ああもう、逃げられるものなら今すぐここから飛びだしたかった。

「遅刻小僧は黙んなさい。ほら、とっとと仕事しなって。データ入力、終わってないんだろう？　それから孝平にお客さん」

「俺にか」

仕事の依頼はすべて青山をとおしている。木槻個人に、というのはめずらしかった。

「こちらの代表者はいらっしゃいますか、ってさ。若いお嬢さんだよ、おまえなにかしたの」

憶えは、と訊《たず》ねられても木槻にはまるで心当たりはないようだ。しきりに首を傾げている。

「どこかでウチを知ったとかじゃないのか」

「だって、どうしても代表者じゃなきゃダメだって言うんだよ」

「なに、木槻あんたナンパでもしたんじゃないの」

できるわけがないか。晶が揶揄うと、拳《こぶし》が頭に降ってくる。

「あんた最近、殴りすぎ。形変わったらどうすんのっ」

痛いというほどではないが、それにしてもばかすかと景気よく小突かれている。

「それくらいで見捨てやせんから安心しろ」

「あ、……そう」

人に言われると照れるくせに、自分で言うのは平気なのだ。しかも、めっきり真面目だから困る。

「おや晶くん、まだ木槻なんて呼んでるの」

「今さら変えられないだろ」

露骨すぎて恥ずかしい。

ここでは青山も和真も、他のアルバイターたちも孝平だとか孝平さんとか呼んでいるのだが、どうも最初に呼んだ名前はなかなか変えられない。

「色っぽくないよ。この際だから孝平って呼んであげたら？　せめてベッドの中だけでも——って痛いよ！　ひどいな二人とも」

晶と木槻とが同時に、青山の頭を遠慮なくはたいていた。

「あんたが悪いんだろ」

若い女性の依頼人とはいえ、それ自体はめずらしくない。だが木槻を指名してきたというのに好奇心を刺激され、晶はパーティションで区切られた応接セットのほうを覗きこんだ。

接客は木槻一人に任せ、晶と青山は陰からこっそり盗み見だ。

『ほんと、すごい若いじゃん。俺よりちょい上くらいかな』

『おい晶、おまえ気になんねえの？　孝平さんがナンパしてたんだったりして』

うるさい。

『ふーむ、繊細そうな子だよねえ。派手なわりに。あんまり、孝平のタイプじゃないかな』

野次馬たちはＰＣを使っての筆談で勝手な評価をしあっている。

『ところで晶くん、彼女に見覚えは？』

『ねえよ。木槻の知りあいったって、いちいち俺が知ってるわけないだろ』

『なあなあ。おまえ、いつからそうなっちゃってたの？　俺ぜんぜん知らなかったぞ』

『わりと早かったよね？』

『ノーコメント』

偏見の欠片もないのはありがたいが、面白おかしく突《つつ》かれるのも困る。

『そんじゃさ、もうやっちゃった？　孝平さん上手そうじゃん。おまえ、腰痛くなったりしねえの』

――――。

野次馬根性丸出しの目で見ている和真の脚を、晶は思いきり蹴りあげた。

「痛えっ」

悲鳴をあげた和真の口を慌てて両側から塞《ふさ》いだのだがもう遅く、パーティションの向こうで木槻が立ちあがるのが見える。続いて依頼人も立ち、彼女はそのまま木槻に頭をさげて晶たちのまえを横切っていった。

「おまえらなあ。青山まで、なにをしてるんだ」

「いや、その、まーね。はは。それよりなんのご用だったんだ？」

興味本位で見られていたというだけでなく、木槻は難しい顔をしていた。

「どうしたの。あんた、ちょっと変だよ。なんて顔してんのさ」

「これは生まれつきだ」

晶が眉根《まゆね》を寄せるが、木槻は素っ気なく応えた。

「そうじゃないだろ」

造作の話などしていない。わかっているくせに、木槻は晶の追及を躱《かわ》そうとする。

「顔がめちゃめちゃ曇ってるだろ。誤魔化すなよ」

「……あとで説明する。それより青山、あの子は孝治《たかはる》を捜してるんだそうだ。心あたり、あるか」

「なくもないけど。どういうこと？」

青山までが顔を顰《しか》め、とたんに表情を変えた。

「毎度同じやつだろう。あの子のところに転がりこんでた孝治が、どっかに消えちまったんだとさ。で、捜してほしいって依頼だ。ここの名前は電話帳で見つけたらしい。木槻ってのは、あんまりない名前だからな」

タカハルって、誰なんだろう。

深刻な顔をつきあわせて相談をはじめた青山と木槻から離れ、晶は和真の袖《そで》をひいてフロアの隅まで連れてきた。

「どういうことなんだろ」

「なんか、孝平さんの知りあいっつーか家族？　みたいだよなあ。木槻がどうこうって言ってたしよ」

「そう、だよね」

「なんだ。おまえも知らないのか。同棲してるんだろ」

「同居って言ってくれる」

「一緒じゃん。……そっか、晶も知らねえか」

「俺、あいつ本人のこと以外はほとんどわかんないよ」

言って、晶は自分自身の言葉におちこんでしまった。

食事の好みだとか些細な癖だとか。言葉がきついわりに本当は面倒見がよくて優しい男なのだとか。それ以外で晶にわかることなどほとんどない。

今までは、それでも気にならなかった。木槻はいつも傍にいるし、それだけで充分だったのだ。他に望むことなどなにもない。その、はずなのだけれど。

「まあ、言いたくないことって誰にでもあるからなあ」

和真は、これでも慰めてくれているようだ。

「和真って案外、悟ったようなこと言うじゃん」

「莫迦やろ、これでもおまえより歳くってんだよ。俺もヤバイこといろいろやったしなあ。詮索《せんさく》されたくないっつーの？　あるじゃん、そういうの」

「そうだね」

「青山さんなんかは俺と反対みたいだけどな。知らなくていいことなんてないって、昔言われた。その人のぜんぶをわかって、そんで傍にいるのが本物だとかなんとか」

「言われたの？　和真が」

「そう。怒られたついでにな。んで俺、あの人に心酔したってわけ。一生ついていきますってきめてんだよ」

ああ、そうですか。

目を輝かせて青山を褒めたたえられると、どうにも微妙な気分になる。

「待て、おまえ誤解すんなよ。おまえと孝平さんみたいなのと違うからな」

「……そんな誤解、したくないよ」

和真はどうあれ、あの青山だ。色恋沙汰《ざた》など、想像すらしがたい。

「難しいことはわかんねえけどな。あんまり考えすぎないほうがいいんじゃねえの？　俺らが必要になったら、そのうちなんか言ってくんだろ」

「うん。……そっかな」

「おら、仕事しようぜ。入力残ってるんだろ。さぼると給料ひかれるぞ」

「和真はこれからどうすんの」

「暇だから寝直す。俺の昼間は真夜中だからな、こんな時間じゃ仕事しねえのよ」

どうりで、いつも寝てばかりいるわけだ。

長い話しあいのあと、青山は慌ただしくどこかへでかけていった。仮眠室にこもっていた和真を連れていったから、事務所には晶と木槻だけが残される。

しんと鎮まりかえったフロアで、晶が叩くキーボードの音だけが響いている。なにも考えないようにしようと、晶はひたすら画面に集中していた。

「——晶」

不意に、マウスを握った晶の手に、木槻の手が重なった。いつのまに傍にいたのか、まるで気づいていなかった。

「ちょっ、ここ事務所！」

びっくりしてふり返ろうとした晶の身体を、背後から椅子ごと抱きしめてくる。

「知ってる。しばらく、こうしててくれるか」

「……こ、」

孝平、と呼んでみようとしたのだが、猛烈に恥ずかしくてとても言えない。

「おまえ」

目を丸くした木槻は、赤らんだ晶を見てくくっと喉で笑った。

「ったく可愛いヤツだな」

「うるさいよっ」

ちょっとだけ、慰めてみようかと思った自分が莫迦だった。それでもどうにか木槻の顔が和《なご》んできたのに、ほっと安堵《あんど》の息をつく。

「どうしたの。そんな暗くなってさ。ただでさえ無愛想なんだから、おっかねえツラすんなって言ってるだろ」

軽口を叩いたのは、少しでも木槻の気分を変えてやりたかったからだ。

「別にかまわんだろ」

「またそんな。誰も寄りつかなくなるだろ、そんなんじゃ」

「いいさ。おまえがいてくれるんだろうからな」

「また、もー。すぐそういうこと言うなってば」

ちょっと立ちなおるとすぐこれだ。

「さっきは悪かったな」

木槻は晶の髪をくしゃくしゃと撫でまわし、小さく、呟くように言った。

「俺なら気にしなくていいよ」

訊きたくないといえば、嘘になるけれど。

晶は背を伸ばし、木槻の頬に軽く口づける。

なんだか甘ったるくて照れくさい。

俯いた晶の顎に木槻の指がかかり、上向かされた。――のだが。

こほん、とわざとらしい咳払いが聞こえ、慌ててぱっと彼から離れる。

「そろそろ入ってもよろしいでしょうかー」

和真を従えた青山が、にやにやと笑いながら立っている。

「あんたらねえ。いい加減にしろって言ったろ？　独りモンにあんまり見せつけないでくれないかな」

和真などは赤らんだ顔をよそへ向け、あわあわと狼狽えている。

「ええと、だって」

見られた、よなあ。やっぱり。

「おまえ、帰ったなら帰ったって言えよ」

「無理に決まってるだろ。ドア開けて入ったらいきなりいちゃいちゃされてたんだよ？　こっちの身にもなってみろって」

シリアスに心配してやったのが莫迦みたいじゃない。しっかりと文句は言いながら、それでも青山の顔は明るい。

「それで、見つかりそうか」

「だから和真を連れていったんだろ。まあ任せなさいって」

青山はやけに自信ありげだった。晶は木槻の腕をひき、耳元でこそこそと訊ねた。

「なあ、ほんとに見つかるの？」

「さあな。だが青山ができると言ってできなかったことは、今まで一度もない」

肩を竦《すく》めた木槻に、晶は渋面をつくった。

「げーっ……」

そんな人間、いてもいいのか。

「ほらそこ、べたべたしない！　ここは事務所だってわかってるかな」

「うるせーよっ」

タカハルという男が見つかったほうがいいのか、それともこのままわからずじまいのほうがいいのか。木槻のためにどちらを願えばいいかすら、晶にはわからなかった。

「ところで、青山さん。人捜しってどうやるの？」

ここのモットーは『人を直接傷つけること以外ならなんでも、犯罪行為はこっそりと』だそうで、晶が頼まれる助っ人のような仕事以外に、探偵まがいの依頼もよく受けている。

人捜しは青山がもっとも得意とするところで、ひきうけた依頼はまず外していないという話だ。

「それは企業秘密です」

「俺だって、ここの社員だろ。企業秘密もクソもあるか」

「ああ、そうだったねえ。でも内緒。日ごろからあちこちにコネを散らしておくとか、捜す人の趣味とか性格だとか、細かい情報から繋《つな》ぎあわせていくんだよ」

「ふうん」

わかったような、わからないような。いずれにしても晶にはできそうにない芸当だ。

「あとはね、完遂できない仕事はひきうけない。これが成功率をあげるコツです」

威張って言うような台詞《せりふ》だろうか。

「晶くん。誰か捜したい人でもいるの？」

「まさか」

ふっと、母親の顔がよぎったのは否めないが、それでもあえて捜しだしたいわけではなかった。

「相談はいつでもどうぞ。それで？　時間あったんだし、孝平、ちゃんと事情話したの」

「まだだ」

晶が言うより先に、木槻が答えた。

「僕がなんのために二人きりにしてあげたと思ってるんだろうね。いちゃつくためじゃないんだよ」

「そういう説明は、俺よりおまえのほうが上手いだろ」

「あー……、ま、そうだけどさ。簡単じゃない、そのまま話せばいいだけだろ。あのね晶くん、木槻孝治っていうのは孝平のお兄さんで、雛子さんの昔の男ってヤツです。つまりは治貴の本当の父親なんだな」

「げっ」

「嘘っ」

和真と晶の口から、同時に声があがった。

「事情があってね、あの子孝平の実子ってことになってるけど。ちなみに孝治さんは治貴が生まれてるのすらぜんぜん知らないんだなあ」

どういう、こと？

治貴は、雛子と木槻のあいだの子どもではなかったのか。あの子はそう信じている。それにやっと、木槻に懐いてきたところだ。

（これから、どうなっちゃうんだろう）

晶が心配する問題ではないとわかってはいるが、不安はどうにも拭《ぬぐ》えない。さっきかいま見た木槻の沈痛な面持《おもも》ちが、嫌な予感ばかりをかきたてる。

晶は、傍にいる木槻の腕をぎゅっと握った。

「おい、青山。それは関係ないだろう」

「いいじゃない。この際だから触りだけでも話しておいたら？」

「人まえで話すことじゃないだろ」

「おや？　そもそも僕に説明しろって言ったのは孝平じゃなかったかな」

「そこまで伝えろとは言ってない」

「どこまで、とも聞いてないねえ」

揉めだした二人をどうにか止めたいのだが、和真はすっかり傍観者をきめこんで頼りにならないし、晶に入りこめる余地はない。

木槻の機嫌はどんどん悪くなるばかりで、青山はそれをわざと煽《あお》っているような節さえあった。

「だいたいその、人まえってのが気にくわないよね。どうせ僕らは一蓮托生《いちれんたくしょう》でしょ。おまえが暗くなってると晶くんが動揺するし、晶くんが可愛い僕としては仕事にも身が入らなくなる。そうすると今度は」

「俺が困っちゃうんでーす」

和真が割りこんでくる。まったく絶妙のタイミングだ。

「と、いうことで事務所全体に影響がでるんだよ。そもそも依頼だしね、先方の詳細な事情を探るのは、人捜しの第一歩だよ?」

「ちゃらっと言うな。この場には雛子だっていないんだぞ?」

「こういう話は軽く言ったほうがいいんだよ。深刻にしたいならいくらでもできるんだから、わざわざ選んで暗くなる必要はないだろ。ちなみに雛子さんは『もう関係ない人だから、いちいち連絡してこなくていい』だそうだよ。僕が全権委任された」

「いつ連絡とったんだ」

「あんたらを二人っきりにしたあと、真っ先に彼女の会社に寄ったよ」

呆れるほどの手際のよさで、とうとう木槻も黙るしかなかった。

「絶対、あっちには迷惑をかけないって約束させられたけどね。もう話したんだし、止めても遅いよ。晶くんだって隠されるほうがつらいだろ」

「――――」

横に立つ木槻は無言のままで、感情の抜けおちた表情からはどう考えているかが計れない。

「俺は。……木槻が嫌なら、聞かなくていい」

秘密を無理に暴いて、これ以上木槻の傷を広げたくなかった。

「まったく、ほんとにこの子ったら可愛いんだよね。さて、それじゃ孝平、どうする」

「勝手にしろ」

すいと顔を背けた木槻が、吐きすてるように言った。

「それじゃ晶くん、コーヒー淹《い》れてくれるかな。喉が渇いたし、座ってお茶しながら話をしよう」

「う、ん」

「ああ、そこの仏頂面《ぶっちょうづら》は無視していいから」

いちいち容赦ない青山は、とことん木槻の傷口に塩をすりこみたいようだ。

「どうして木槻の子どもになってるかっていうとね、孝治さんはともかく浮き世離れしてるっていうのか、現実味のない人なんだ。やたらと愛情に溢《あふ》れすぎてて、しかもほだされやすい。好きだって言われると老若男女かまわず誰にでもついていっちゃうし、飽きっぽいから仕事しても続かなくて、ヒモみたいな生活してた。そんな人に子どもができましたなんて言えないだろ？」

それ以前に、どうしてそんな男がいいのか、晶にはそちらのほうが不思議だ。雛子は晶の母親ほど、軽はずみには見えなかったのだけれど。

「はーい、質問」

「なんでしょう、和真くん」

「言えないって、なんで？」

「それはだね、愛情に溢れすぎてるっていうところに注目なんだな。子どもができたら一緒に育てようとか言っちゃって、そのくせ自分じゃなんにもできないわけさ。そんな男、厄介なだけでしょう」

「なるほどなあ。でもすげえ男ですねそれ。孝平さんの兄貴とは思えねえな」

「だろ。君たちはそんなふうにならないようにね。あれは周りが迷惑するから」

「俺は大丈夫ですよー。なんたって生活力には自信あっから、いつでもどこにでも嫁に行けますって」

「……そういう戯《ざ》れ言《ごと》はもうちょっと給料増やしてから言いなさい。だいたい僕に言ってもしょうがないだろ。君まで晶くんの真似はしなくてよろしい」

「なんだよそれ。どうしてそこに俺が出てくんの」

「おや、違う？　孝平と養子縁組するとかなんとか、すごい話聞いたんだけど」

「誰にっ」

ただの言葉のあやというか、とにかく本気でしようとしたわけじゃない。

「雛子さん。晶くんが欲しかったんだけど、孝平が許してくれないからって拗ねてたよ」

「こいつを他の奴になんかやれるか」

間髪を容れずに言った木槻に、晶のほうが赤くなる。

「はいはいごちそうさま。話戻すよ」

「まだあんの」

晶がうろんな目を向けると、青山がにっこり頷いた。

「そう、これで最後。孝治さんは放浪癖があるんだなあ。一つのところに留《とど》まっていられなくてね、ふらっとでていって、またその先で誰かと暮らしてみたりするわけさ。これは父親の条件としちゃ最悪でしょう」

「よくそれで、刃傷沙汰《にんじょうざた》にならないもんだな」

感心したのか呆れたのか、和真が言った。

移り気で、いつも誰かが傍にいないと耐えられなかった。そんな母親をもつ晶としては、ますます他人事《ひとごと》とは思えない。

「これがまた、不思議と憎めないいんだよねえ。話だけだと本当にとんでもないんだけど、実際に会っちゃうとね、しょうがないかって気にさせられる人でさ」

もうじき現れるだろうから、実際に会ってみるといいよ。

青山はさらりとそう言った。

「見つけたの⁉」

さっきの今で、早すぎる。晶が声を跳ねあげると、青山は指を一本たててみせた。

「僕に不可能はない。なーんて、実は最初から居場所の見当はついてたんだよ。いつか、こんなことになるんじゃないかと思って、常々チェックは怠らなかったんだな」

なるほど、用意周到な青山らしい言葉だった。

*　*　*

このところ凝《こ》っている入浴剤を溶かした風呂につかり、晶はぼんやりと考えこんだ。

さきほど、この家を孝治が訪ねてきた。青山に伴われて現れた彼と二言三言話をかわしたのち、木槻も二人とともにでかけていった。事務所へ行くと言っていたが、帰る時間はわからない。

青山の話は結局、本当にさわりだけだった。よくよく考えてみれば、肝心なところはなに一つ聞かされていない。

よけいな枝葉はついていたが、要は孝治が父親として頼りにならないという事実だけで、どうして木槻が治貴の父親になったのか、だとか、雛子と木槻が結婚した理由だとか、そういう話には触れようとしなかった。

青山にはいちいち、ソツがない。

(子どもには父親が必要だろう、とかか？　まあ、言いそうだよなあ)

木槻がはじめからなにもかも知っていて雛子と結婚したのなら、どうして離婚などということになったのだろう。口ではどうあれ、とても仲が悪いようには見えない。

「俺にわかるわけないいか」

誰もが様々な事情を抱え、それでも甘えるでもなくしっかりと自分の足で立っている。あの暢気《のんき》そうな和真にすら、どうやら話したくないような昔があるらしい。

なんだか、すごいな。

その強さが羨《うらや》ましかった。

一人ゆらゆらと揺れるばかりの晶は、本当にただの子どもなのだ。

これでは、木槻に頼ってもらえなくてあたりまえだ。傍にいる以外、なにもできない。

もう少し晶がおとなだったなら、木槻もあんなふうに痛々しい顔で、なにもかも自分の内側へ抱えこんでしまわなくてすむかもしれないのに。

「今ごろ、なにしてんのかな」

連れだっているのが青山と、それに木槻にあんな顔をさせた張本人の孝治では、あまり楽しい展開になっているとは考えられない。

ひどいことにならなきゃいいけど。

吐きだしたため息がタイルに響いて、やけに大きく聞こえた。

呼び鈴が聞こえ、慌てて出迎えた玄関口には、意外な人の姿があった。

「雛子さん？」

「お邪魔してもいいかしら」

こんな時間に誰かと思えば、にっこりと微笑《ほほえ》んだ雛子がドアの向こうに立っている。

「もちろん、どうぞ」

急いで風呂から飛びだしたせいで、髪といわず肩といわず、まだびっしょりと濡れている。

「ごめんね。お風呂入ってたんだ？」

「あっ。俺こんな恰好ですみません」

うわー……。しまった。

てっきり青山か誰かだろうと思っていたので、タオル一枚を腰に巻いただけの恰好だ。気がつけば、女性のまえではさすがに恥ずかしい。

「いいわよぉ。たまには目の保養させてもらうから。ああでも、風邪をひかれたら木槻に怒られるから、適当に着替えてね？」

真っ赤になった晶の様子に、雛子はくすくすと笑っている。

「すみません、今着替えてきますっ」

騒がしい足音で去っていく晶の背中に、雛子の爆笑している声が聞こえた。

「髪、まだ濡れてるわよ。ちゃんと乾かさなくていいの」

「いーんですっ」

タオルで乱暴に拭っただけの髪からは、未《いま》だに水滴がぽたぽた零《こぼ》れている。それでも、客がいるというのにドライヤーなど暢気に使っていられない。

「なにがあったんですか？　木槻ならまだ戻ってないんですけど」

「あぁ、いいの。晶くんに用ってほどじゃないかな。会いにきたのよ。木槻がいたら外へ連れだすつもりだったから、ちょうどいいわ」

「はあ」

「孝治に、会ったんでしょう？」

雛子の口調はごく普通で、まるで世間話でもしているようだ。かまえていた晶のほうが拍子抜けしてしまう。

「俺はなにも話してませんけど」

会ったといっても、晶は姿を見ただけだ。話をするどころか、声さえ聞いていない。

「あの」

「なあに？」

「ぜんぜん似てませんよね、あの兄弟」

「そうねえ。外見はまるっきり違うかもしれないわね。私は、昔のあの人しか知らないけど」

これは内緒ね、と、雛子が唇のまえで指をたてる。

「あのね、あれで案外似てるのよ、性格っていうか、中身が」

「そうなんですか？」

青山によれば、どうやらとんでもない男らしいし、とても木槻に似ているとは考えにくい。

「木槻、孝平のほうね、始終あんな顔だしおっかなくて近寄る人がいないから気づかれないけど、結構甘ったるいところがあるでしょう」

「ああ、はい」

それは、わかる。

「私とあの兄弟って幼馴染みたいなものでね。私がいちばん上だったんだけど、子どものころから一緒に遊んでたわ。やることなすこと似てたわよう、しょっちゅう捨て犬だの捨て猫だの拾っては交代で両親に怒られて、しかも、いくら怒られてもぜんぜん懲《こ》りないの」

　そういえば、晶も木槻に拾われたようなものだ。

「違うのはそのあとね。孝治は拾うだけ拾って、飽きたら放っておくの。そういうのをこまめに面倒見てやるのが孝平だったのね。子どものころから義務だの責任だのって、小難しい言葉が好きな、いやーな子だったわよ。いちばん年下の孝平が、可愛くない顔して孝治や私にそうやってお説教しちゃったりするのよ？　言葉なんかなっちゃいないくせに」

「あはっ」

　子どものころの木槻も、今と変わっていないのだ。昔の彼に、会ってみたいと思う。さぞかし可愛げのない子どもだったのだろう。

　言葉が少なくて、始終怒ったような顔で。それでも不思議と仲間内では信頼されているような――。想像してみるのもなかなか楽しい。

「結果が違うのね。わかるでしょう？　孝治は動物だけじゃなくて、なんに対しても同じだった。流されやすくて、女の子とおつきあいしていても、いつのまにか自然消滅みたいになって、泣きつかれるのがやっぱり孝平」

　雛子はいつも、そんな二人を見ていた。

「中学から孝平は全寮制の男子校なんてところに入っちゃったし、そのころにうちの両親の転勤もあって、もうほとんど会わなくなったのね。再会したのは私が大学をでた直後で、就職して東京に戻ってみたら、孝治とばったり会ってしまって。それでまあ、……そういうことになっちゃった」

雛子がどうして打ちあけてくれるのかはわからない。けれど、木槻と晶とを慮《おもんばか》ってくれているのだけは理解できた。

「あの、訊いてもいいですか。どうして孝治さん、だったんですか」

話を聞くだけでは、どうして誰も彼もが孝治になびくのか、さっぱりわからない。

「だって木槻――ああややこしいな。孝平ってどうしても弟って感じしかしないんだもの。知ってる？　私たち五歳離れてるのよ」

「えっ」

「子どものころの五歳って、ほとんどおとなと子どもみたいじゃない？　つきあい長い分、男だなんて意識、ぜんぜんなかったんだもの。まあもっと単純に、好みの問題が大きいんだけど」

「好みってそんな」

身も蓋《ふた》もない。

「だってそれがいちばんでしょ？　私は誰かに庇《かば》われるのが我慢できないしね。孝平は孝平で、誰もいらなかったの。いつも一人で生きてるような顔してて、それが寂しいとも思わないような大莫迦野郎なのよ」

傍にいるのにいなくてもいいなんて態度をとられては、たまらないでしょう。そう言って、雛子は肩を竦めた。

「でも結婚したんです、よね？」

「そうねえ。うん、そう。それで木槻は就職がダメになっちゃったのよ。私はさんざん麻文さんに罵《のの》られて、未だに犬猿の仲みたいよ。年の功っていうのか、お互いそういうのはあんまりださないけれど。二人だけで話してると、気温が二度くらいさがってるかなあ」

犬猿の仲というより、やっぱり狐と狸の化かし合い、にしか思えないけれど。晶には見せない部分で、二人ともが複雑なのに違いない。

「莫迦よねえ、孝平って」

雛子の顔は寂しげで、見ているほうが苦しくなる。

「最初から一人で育てるつもりだったのよ。ただ、ほんの冗談で誰か父親になってくれたらいいのにってうっかり口滑らせちゃったの。『名前だけでも貸してくれる人いないかな』って」

「それで、ですか？」

「言った相手が間違いだったのね。木槻って呆れるほど変わってないの。それで自分と結婚しようって。目のまえで困ってる人見ると、手をださなきゃ気がすまないんだから。孝治が関わってるせいも、もちろんあるのだけど。まあね、あの性格を知っていて乗った私も私よね。それで上手くいくわけないのに」

晶には、どうにも言いようがない。雛子も、晶の感想など求めてはいないだろう。

「あれで離婚したときは結構こたえたらしくて、そのあと、誰ともつきあわなくなっちゃったのよ。これでも一応、莫迦なことに巻きこんだせいだって、後悔はしてたのよ？　だから、あなたと一緒に暮らしはじめたって知ってすごく嬉しかった。こうなってくれて、正直ほっとしてるの。もう誰も傍におかないんじゃないかって思ってたから」

「って、言われても――」

晶はただ、自分が彼を好きで一緒にいるだけだ。

「私の罪滅ぼしなんて、あなたは気にしないでね。ただ、あのときウチの子になっちゃいなさいって言ったのは、そのせい。保護者と恋人が一緒じゃ、喧嘩もおちおちできないかなあ、なんてよけいなお節介をやいてみただけ。断られちゃったけどね。ちなみに本気だから、もしそんなつもりになったらいつでも言ってね。木槻が関わらなくても、あなたがいてくれたらきっと楽しいでしょう」

雛子は言うだけ言うと、優雅な仕草で立ちあがった。

「さて、話は終わったから帰るわね。治貴のことは、そういう事情。木槻が言うより、私の口からちゃんと話したかった、ってただの我が儘《まま》だけど。ついでにもう一つ、お願いしていい？　木槻を、大事にしてあげて」

以前にも言われた言葉だ。それには、こんな事情があったのか。

晶はただ、頷くしかなかった。

「この人には自分が必要なんだ、って思わせてくれる相手って嬉しいのよ。私や木槻みたいなのには特にね。そうやって、自分はここにいてもいいんだってたしかめるの。どこにいても、誰といてもどうでもいい存在なんて、寂しくてやってられないでしょ？　それを木槻に教えてやって」

「でも、俺じゃ」

「木槻があなたを選んだんだもの。それで充分じゃない？」

くれぐれもよろしくと告げて、雛子は去っていった。

面倒見がよくて、拾ってきたものは最後まで世話をしないと気がすまなくて。

（――じゃあ、俺は？）

困っていたから拾って、泣いて迫られたから抱いて。

言われてみれば、いかにも木槻がしそうなことだ。

家をでるといったときにあれほど止めたのも、この家をでたら晶がどうなるか、心配だったのだろうか。

別に、それが晶でなくてもよかったのかもしれない。

大事にされているのは自分のほうだ。木槻はいっそ呆れるくらい、細かく晶を見てくれている。いつも気にかけてくれているのは、肌で気配で感じている。

それでも。

(ここにいて、いいのかな)

ここは、晶の居場所なのだろうか。

他の誰かでも、よかったんじゃないのか。

どうしよう――。

世界が、くらくらと揺らいでいた。


木槻が戻ったのは、ずいぶんと遅くなってからだった。

「お帰り。なんだ、また酔ってるの?」

近づいた木槻の身体から、酒の匂いが漂う。見れば顔もうっすら赤くなっていた。

「あんた、いい加減懲りないのかよ」

いくらタクシーとはいえ、よく一人で帰ってこられたものだ。

「呑んでない」

「嘘ばっか。匂いでわかるって」

「だから、匂いだけだ。たしかに飲み屋には行ったが、これは酔っぱらった孝治がグラスひっくり返して、俺の服にぶちまけただけだ」

強烈な酒の匂いを思いだし、木槻が顔を顰めた。まだシャツからは匂いがたちのぼってきている。これはさっさと着替えたほうが得策かもしれない。

「それだけ？」

「ああ、それだけだ」

じっと窺《うかが》うように覗いてくる晶の目には、どうもいつものような輝きがない。なにがあったのか、木槻は眉根を寄せた。

いざ兄と対面するまでは、あれこれと悩んでいた。事態を掻《か》きまわされそうな気がしていたし、なにより古傷を抉られるようで、どうにも冷静になれなかった。

それでも顔をあわせれば、あまりにも変わらない姿に、緊張していた肩の力ががっくりと抜けてしまった。

あれほど拘っていたのが、莫迦ばかしいくらいだ。

そうして、肩の力を抜いてみれば、話しているあいだ、頭にあったのは晶のことばかりだった。

一生懸命に慰めようとしていた。頬へのごく軽いキス。孝平と呼ぼうとして照れまくって、真っ赤になった顔。まわされた細い腕。

そんなものを思いだすと、気持ちが温かくなった。古傷など、とうに癒されていたのだ。

他人と暮らす煩わしさを知っていたはずの自分が、晶と暮らして、晶ばかりを考えるようになって。

心配して待っているだろう晶のまえに早く戻ってやりたくて、始終時計を見ては苛《いら》ついていた。青山には笑われ、孝治には『久しぶりの再会なのに冷たい』と、わざと酒をこぼされた。

晶にはああ言ったが、これが真相だ。

「メシつくっておいたけど、食ってきちゃったかな。もう休む？」

「いや、食うよ」

「気ぃ遣わなくたっていいよ。明日の朝食べてもいいのに」

「莫迦、そんなんじゃない。どうした？　おまえ変だぞ」

無理に笑ったように、顔がひき攣っている。

「なんでもないって。それじゃ、すぐ支度すんね」

晶の顔を覗きこもうとした木槻から離れ、顔を隠した。

「あのあと、お兄さんどうしたの。酔っぱらって大変だった？」

「依頼人のところへ送ってきた。あとはもう、俺の仕事外だからな」

「そんな言いかたするし。兄弟なんだろ」

「だから、話につきあったんだ。青山もいたけどな」

たいした話はしていない。せいぜい世間話に毛が生えた程度で、治貴の話も雛子についても、いっさい口にださなかった。

「なんだよ、俺すげえ心配したのに」

「悪かった。だがまあ、すんだ話だしな」

「すんだことって？　すんだことで終わっちゃうんだ」

「どうした、おい。やっぱりおかしいな、なにを気にしてる」

「だって」

理由はない。

これは単なるやつあたりだった。晶はずっと不安を抱えているというのに、戻ってきた木槻がすっきりしていたから。

ましてやほろ酔い加減のせいかいつもより表情も明るくて、わずかではあるが無愛想な顔に感情が表れている。

それがよけいに悔しかった。結局、晶にはなに一つできなかったのに、木槻はこうして一人でたちなおってしまっていたのだ。

「あんた一人でたちなおって、俺なんかなにもできなくて」

「ああ？」

テーブルに皿を運んでいた晶の手が、ぴたりと止まった。

「なにもできないのに、ここにいていいの」

「おい、晶」

晶は叩きつけるように皿を置き、そのままくるりと木槻のほうを向いた。

『この人には自分が必要なんだって思わせてくれる相手』

雛子は晶がいいのだと言ってくれたけれど、木槻に晶が必要なのだとは、とても思えない。こうして、晶などいなくても、自分だけで立っていられるのだ。

ああ、本当に。

晶だって、いや、晶こそが切実に、そういう相手を欲しがっている。

母親にすら捨てられた自分を、いったい誰が必要としてくれるのか。こんな、なにもできない、ほんの子どもなだけの晶を。

かまってくれて、優しくしてくれて。それだけでも嬉しかった。これ以上求めてはいけないと思うのに、木槻に傾倒していく気持ちが大きければ大きいほど、もっともっと贅沢《ぜいたく》になってしまう。

つらいのだ。

感情のはけ口がどこにもなくて、抱えた不安は大きすぎて、晶はこうして木槻にぶつけるしかない。

木槻の優しさに甘えているという自覚はある。けれどそうして、晶を甘やかしたのはこの男だ。甘えていいのだと教えられてしまったから、知らなかった昔には戻れない。

いっそ忘れてしまいたくても、知りたくなんかなかったと思っても、あと戻りはできなかった。

「俺はあんたに拾ってもらって、抱いてもらって。なにもできないくせに甘えて、でもそれって、誰でもよかったんじゃないの」

「なにをまた莫迦言ってるんだ」

「違う!? 親に捨てられた可哀想な子どもだって？ 好きだって言われて同情した？ 別に俺じゃなくたって、あんたそうしてやったんだろっ」

怒鳴りながら、晶は自分の言葉に傷ついていた。一言言うたび、ぐさぐさと刃は自分の胸に向かって刺さってくる。

「……やめておけ」

「うるさいっ。だってそうだろ？ 治貴だって自分の子どもにしちゃったんだし、俺をちょっとかまうくらい、あんたにとっちゃなんでもないことなんだろ？」

「言いたいことはそれだけか」

怒鳴る晶に対して、木槻はあくまで平坦だった。けれどその平坦な言葉が、彼の怒りを知らしめてくる。

晶は肩を震わせた。けれど、いくら怒られようと訂正するつもりはない。

静かに、木槻が動いた。

「来い」

「なんだよっ」

「いいから！」

晶の腕をひっぱると、木槻は乱暴に椅子をはね除《の》け、そのまま床へ晶を押したおした。

「——ッ。痛いよっ」

板間の床に押しつけられた背中と、ぶつけた頭が鈍い音をたてる。

「おまえが莫迦なことを言うからだろう」

ぎりぎりと腕に食いこんだ木槻の指にはものすごい力がこもっていた。

睨みつけてくる木槻の目があまりに鋭くて、晶はさっと顔を背ける。その顎をぐっと摑まれ無理やりにひき戻されてしまった。

「なん、でっ」

抗おうとする腕を押さえつけ、木槻は強引に唇を奪った。

「んん……っ、ん、や——！　や、だっ」

必死で首を振ると、木槻の歯を唇が掠《かす》め、そこからじわりと血の味が広がっていく。

「こんな……っ」

「こんなこと、おまえは他の奴にもできるって？　俺じゃなくてもいいっていうのか」

「できるわけないだろ！　そんな、あんただから、木槻だからじゃないかよっ」

「おまえが俺に言ったのは、そういうことだろうが。俺だって、おまえじゃなきゃそんな気起こしゃしないんだよ」

「それは、俺が誘ったからだろ」

「誘われたからっていちいち、その気もねえのに勃つわきゃねえだろうがっ。こっちはおまえと違ってもうイイ歳なんだよっ。……ったく」

「そ――」

そんな露骨な言いかたをしなくても。

「やっとおちついたか。あんまり莫迦を言わんでくれ。俺がどうして、おまえじゃなくてもいいなんて思うんだ？」

ようやく木槻が、覆いかぶさっていた晶の上から離れていく。晶の腕を、今度はそっとひいてくれて、そうして晶は木槻の腕の中に収まった。

「雛子さん、が」

「あん？」

「雛子さんが、さっき来てて。話聞いて、そしたら」

「あいつはいったい、なんの話をしやがったんだ」

困りはてたような木槻に、晶は小さく笑った。

「そんな、あんたが困るようなことじゃないよ。昔の話とか、お兄さんのこととか。それで、あんたが雛子さんの冗談を真に受けて結婚したって話とか」

そうしたら、わからなくなった。自分のいる位置が、ひどく不確かに思えた。

「そりゃあね、気持ちなんて変わるもんだってわかってるよ。ずっとここにいられるなんて思ってなかった。でもさ、せめて今だけでも、俺だから傍にいられるんだって思いたかったんだ」

「それで正解だろ。どこが違う」

「だって」

わからない。木槻みたいな男がどうして、晶でなくては駄目なのか。

「まだぐずるか」

木槻が、晶の頭を軽くはたいた。

「あぁ、となる。雛子の冗談を真に受けたって、そりゃ違うぞ」

「違う……の？」

「そう。あれは俺の勘違い」

「勘違いって、なにそれ」

ため息をついた木槻は、どう言おうかと逡巡《しゅんじゅん》していた。

「あんまりいい話じゃないんだ。恥晒すようでな。おまえ、笑わないって約束しろ」

「う、うん」

そうして、木槻はぽつぽつと話しはじめた。

「雛子に子どもができて、それと前後して兄貴が消えてな。妊娠に気づいたんじゃなく、単にいつもの放浪癖だったんだが、それでかなり、雛子が参ってた」

それでも、彼女は木槻が驚くほどあっさりとたちなおってみせた。もともと、弱い部分を見せたがらない女だ。これですっきりして子どもが生めるとさえ言って、笑ってみせた。

「毎度のことだが、突っぱってる雛子がえらく痛々しくてな。ああいう兄貴がいたせいで、俺は好きだの嫌いだのってのがよくわかってなくてな。自分は絶対他人を好きになったりしないだろうと思ってたんだが、それが」

「雛子さんを好きになったの？」

「妙に雛子が気になりだして、てっきり俺はあいつが好きなんだと思いこんでた。でも、違った」

「違ったって、……なんで」

「笑うなよ。ぜんぜん、その気にならないんだ。これが」

「って、なにが」

「決まってるだろ。ふつう、好きな女と暮らしてて、キスの一つもしない男がいるか？　しかも俺は、雛子に指摘されるまで気づきもしなかった」

ええと、――つまり。

混乱する頭の中を、晶は必死で整理した。

「どういうこと？」

「あいつは兄弟みたいなもんだ。ガキのころから一緒だった奴に色っぽい目を向けるなんて、ぜんぜんなれなくてなあ。要は家族みたいな女が困ってるのを見て、放っておけなかっただけだったんだ」

雛子もそう言っていた。

だが木槻は当初、本気で雛子と夫婦になるつもりでいたのだ。だからこそ相手にあわせようと努力もしたし、雛子に指摘されたあと、好きになろうと足掻《あが》いた。

「好きだ嫌いだなんてのは、努力でどうにかなるもんじゃないだろう。無理がたたって、だんだん喧嘩ばっかりするようになってな」

諍《いさか》いが増え、どこよりもおちつくはずの家が、帰りたくない場所に変わる。雛子と暮らすのが疎《うと》ましくさえ思えて、そうしてそんな自分に愕然《がくぜん》とした。

それでは、あまりに勝手だ。もとより言いだしたのは木槻で、今さら撤回もできない。

上手くやれるだろうとたかをくくっていた自分の傲慢《ごうまん》さに、吐き気さえ覚えた。

それこそ幼いころから一緒にいた相手とすら暮らせないのなら、一人でしかいられないのではと思った。

「最後通牒を突きつけられたときは、さすがにショックだったな。雛子には『自分に興味のない男なんかと結婚してられない』って、見抜かれてたしな。ひょっとしたら他人に惚れるなんざやっぱり無理なんじゃないかとまで考えたよ」

これでおしまい、と、木槻が戯《おど》けていった。さすがに、照れくさいらしい。

ならば晶はどうなのだろう。雛子のときと違うなどと、どうしてわかるのだろう。

「じゃあさ。じゃあ俺は？　俺のことも、勘違いかもしれないよ？」

「莫迦か。今聞いてただろうが。おまえとはさんざんやりまくってるだろうが。こっちはどうも抑えがきかなくて困ってるってのに」

「……あんた、さっきから露骨だよ」

「しょうがねえだろう。頭でわからんことは、いくら考えても無駄だ。少なくともおまえといるのは居心地がよくて傍にいなきゃ気になるし、莫迦やってるんじゃないかって心配するのも楽しいくらいでな」

「そうなの？」

見あげた晶の唇に、優しいキスが降る。

「俺のところに縛りつけておきたいって思うのは、家族でも他のなんでもないだろ。いくら青山に唆《そそのか》されたからってなあ、あんな経験しておいて、どうでもいい奴なんか家に呼んだりしねえよ」

「だってそんなの」

「最初っから、気にはなってたさ。呑めない酒頼んで、どうにか気をひこうとするくらいにはな」

「……嘘ばっか」

「信じろ。気になってたんだよ。そういうのが惚れたっていうのかは今でもわからんけどな。理屈じゃないだろ」

運命なんてものは信じていないが、初対面から気にしていた生意気な子どもは、今こうして木槻の腕の中にいる。今まであったなにもかもが、兄や雛子のことも、晶と一緒にいられる今のために、無駄ではなかったと思えてきた。

傷であったはずのことさえ、そうして肯定してやれるのは、晶がいるからだ。それが、木槻にはひどく嬉しい。なおさら、この愛しい子どもを手放せないと強く感じる。

「兄貴と会って昔の経緯を思いだしても、まるでつらくなかったよ。店にいてもおまえの顔ばっかり浮かんでたしな」

晶は身体を捻《ひね》り、木槻の胸元へ抱きついた。木槻の手がそっと、背中を撫でてくれる。

「俺、ちゃんとあんたの役にたってる？」

「それだけじゃないけどな。役にたつとかたたないとかじゃなく、いてくれたらいい」

「莫迦でも？」

「はなから知ってる。そんなのは」

膨れた頬を、木槻が突いた。

「おまえがいいんだ。俺は、おまえじゃなきゃ駄目みたいだ。それだけじゃ嫌か」

晶は強く首を振った。

とんでもない。その言葉が、なによりいちばん聞きたかった。木槻はこうして、いつも晶が欲しいものをくれる。

好きになってよかった。心の底からそう思う。

「じゃあ、――さ」

涙声になりそうなのをこらえて、晶はことさら明るく言った。

「俺のカン、やっぱり外れなかったんだ」

「なんの話だ？」

「いつか言っただろ、俺、カンがいいって。最初はむかついてばっかいたのに、そういう相手にはわりと近寄っちゃ駄目だってわかってたのに、なんでかあんたにはどんどん近づいていってた。どうしてかなって不思議だったんだけど、こういうことだったんだ」

晶を身体ごと心ごと受けとめてくれる相手だったからだ。

「カン、なあ」

木槻はまだ半信半疑のように首を捻っている。

「莫迦にしてる？　でもそういうのがないと、生きてこられなかったよ」

木槻と青山と雛子と、和真も。周りにいる人々は、これでもかというほど温かい。

「っと、ごめん。気にした？　別にたいした意味なかったんだけど」

慌てた晶の身体を、木槻がなおも力をこめて抱きしめてくる。

「おまえが俺にそうしてくれたように、おまえも早く、昔を忘れられたらいい。俺の抱えこんだものとじゃ大きさが違いすぎて、そうそう忘れろって言っても無理だろうが」

せめて思いだしてもつらくならないように。

木槻が言うのに、晶はふわんと笑った。

「そんなの」

もうとっくだ。

ここへ来てからは、ほとんど思いだしもしなかった。

「大丈夫だよ。それに、母さんもたぶん、こんなふうに誰かを好きだったんだろうなって」

許せるとは思わない。忘れるとも思えない。

いつかどこかでまた、傷が疼《うず》くこともあるだろうけれど。

「あんたがいてくれるから、ここにいていいって言ってくれるなら、俺はそれだけで大丈夫」

居場所はここにあるんだと、思わせてくれるなら。

「それでいいんだ」

好きだよ。

囁くような言葉は木槻の唇の中へこぼれ、溶かされていった。

何度も、何度もくり返すキス。

合間に名前を呼んで、抱いた腕に相手をたしかめて。

「なあ、……木槻、浮気すんなよ。そんなことされたら俺、今度こそおかしくなっちゃうからな」

脆《もろ》い自分を晒してしまった今では、木槻がいなくなったらどうなるのか想像もつかない。

薄赤く染まった目元で睨むように見つめると、木槻が柔らかく笑った。

「しないさ」

「どうだか。あんた、勘違いで人を好きになれるみたいじゃん」

「それを言うなって」

とたんに渋面になる木槻に、晶はからからと笑った。その直後、ふと思いたったように木槻が口元を吊りあげる。

「わかった。絶対しないって言ってやる代わりに、俺からも一つ言わせろ」

「なんだよ」

どうにも揶揄いたがってるような表情に、晶は警戒しつつ訊ねた。

「いい加減、その木槻ってのやめてくれ」

「どうして？　今さらじゃん」

「そりゃおまえ、雰囲気でないだろうが」

「……一応訊くけど、なんの」

いかにも嫌そうな顔をした晶の耳元へ、木槻が唇を寄せた。

「決まってるだろ。セッ――」

「わかった！　わかったからそれ以上言うなッ。なにも言うなっ」

自分の両手で耳を塞いだ晶に、木槻が執拗に迫ってくる。

「ほら、言ってみろ。簡単だろうがこんなもん」

「うるさいっ。……んんっ」

キスで唇を塞がれたお返しに、晶は木槻の背中を叩く。

あまりにも甘ったるいキスに酔わされてしまいそうだ。身体の力が抜けていき、抗議していたはずの腕は、今度は別の目的のために彼の背中へまわる。

大好きなこの男を、抱きしめるために。

ぜいたくな休日

目を覚ましてカーテンを開けるのが、案外好きだ。

近隣に高い建物がないので、二階の窓からでも景色がかなりよく見える。家々の屋根に道路、どこにでもある美しくもない光景だが、暢気《のんき》で平穏なのがいい。

外は眩《まぶ》しいほどのいい天気だが、季節は秋だ。暑くないなら、晴天はむしろありがたい。

「よし、まずは洗濯だな」

ここ数日雨続きで、室内干しのできないシーツやタオルケットなどがたまっている。この天気なら今日こそ大物を片づけてしまえそうだ。

晶《あきら》はうきうきと窓から離れ階下へと降りかけてから、はたと我に返った。

（なんで洗濯だよ）

せっかくの休日に晴天。このとりあわせで真っ先に洗濯とでてきてしまい、あまつさえ浮かれているとはどういうことだ。

これでも晶は十八歳男子である。もう少し、華やかとまではいかなくても、楽しげな予定はないものか。

不満はないんだけどな。

晶は浴室へ向かいながら独りごちる。空いた時間になにをしようかなどと考えられ、家事に費やすのを楽しめる余裕など、これまでの晶の生活には存在しなかった。

ほとんど生まれてはじめてといっていい、安定した日々だ。明日の食事に困らず、先の不安で夜中に飛びおきることもない。

晶が今、少しばかり自分にがっかりしたのは、和真《かずま》との会話を思いだしたせいだ。二人して連れだって夕飯を食べにでたファミリーレストランで、料理を待っているあいだでの、たわいもない無駄話だった。

『おまえ休みの日ってなにしてんの』

『んー、とりあえず好きなだけ寝て、掃除して洗濯してちょっと凝った飯つくって、時間あまったら本読んでるとかそんなもんかな」

『おまえ、もうちょっと若そうなモンないのかよ』

『若そうなって言われても、休みなんて動きたくないだろ』

『バーカ。休みだから動きまわって疲れて寝るのがいいんじゃねえの』

アウトドア志向の和真と徹底したインドアの晶とでは、ここで気があうはずがない。和真は大袈裟《おおげさ》に嘆いてみせ、晶はあっさりそれを流した。

『じゃあ、せめてゲームとか』

『和真じゃあるまいし、そういうの興味ない』

『楽しいぜ？　格ゲーでもロープレでも。ホラー系なんかかなりいい話多いしな』

いい話と言われても、オカルト絡みはとにかく苦手だ。たとえフィクションだとわかっていても可能なかぎり避けたい。だがここでホラーは嫌いだなどと言えば、面白がってよけいにあれこれ話すだろうと予想がついたので、その部分には触れずにおいた。

ゲームに興ずる時間もなければ、ゲーム機自体に割く費用ももったいない。一人暮らしのころに手をださなかった理由はそれだけだ。

自分自身がムキになりやすい自覚はあるので、はまると面倒なことになりそうだという予想もついた。

『和真、ひょっとして誰もゲームの話につきあってもらえないとかで、俺をひきずりこもうとしてない?』

『そんなんじゃねえよ』

『俺、たぶん手ぇだしたら一晩中でもやりそうだから、遠慮しとく。だいたい本読むのもゲームすんのもあんまり変わらないだろ』

『違うって。ゲームならオンラインで対戦できるだろ』

『回線ひいてあるのかどうかも知らないよ』

とにかくやらない。目を眇《すが》めて言いはなつと、和真は諦《あきら》めたように肩を竦《すく》めた。

そんな顚末《てんまつ》だったのだが、若くないと言われたのが地味に響いているらしい。

いや、洗濯は必要だし。若いとか関係ないし。

誰にともなく反論して、晶は洗濯機の中へシーツをばさりと放りこんだ。和真に知られたらそれこそ若くないとか呆《あき》れられるかもしれないが、洗いたての衣類やリネンの匂いがかなり好きだ。

干しおわったら一寝入りして、そのあとは読みかけの長篇ミステリーでも読もうか。一応は定休日の日曜、木槻《きづき》もめずらしく家にいる。

「定休日っつっても、休みじゃないんだよな」

青山《あおやま》から連絡が入り、急な仕事にかりだされたりもする。断ってもいいと言われているし、晶には今のところ緊急の仕事などないけれど、木槻は別だ。定休日以外の休みの日でもしばしば電話で呼びだされ、でかけていく。

どうせ休みではないなら年中無休とか不定休だとかにしておけばいいのだが、電話帳の広告やｗｅｂサイトなどにも一応、休みとは記してあるのだ。

『日曜定休（深夜・早朝・休日でも緊急のご用件は承ります）』

このカッコの内容がくせものだった。電話があれば青山がうけるし、日曜を指定しての依頼があれば、担当者は仕事だ。ほぼ二十四時間年中無休のような状態であるのになぜ定休日などとうたっているのかと思えば、最初はちゃんと休みにしていた、という話だった。

青山と木槻しかいないころ、週に一度は休みにしようと決めたはいいが、仕事が入れば何時でも何曜日でもかまわずひきうけていたせいで、ほとんど形骸化してしまったらしい。

『休みたければ休んでいいんだよ。依頼をうけるうけないは、最終的に当人が決めればいいんだ』

ただ断ると次から仕事が入らない気がして、よほど無理な案件でなければついひきうけてしまう。木槻も青山も、同じように言っていた。

「そろそろ起きてくるころかな」

庭に設置した物干し竿いっぱいにシーツやタオルを干し、やや強い風にゆったりと揺らぐ様子を見るとささやかな達成感がある。こんなことで気分がよくなる自分に呆れつつも、楽しいからよしとする。

風は少し冷たくて、秋が深まっているのがわかる。これから年末にかけてはかなり好きな季節だ。寒いのは寒いでつらいが、夏と違って防ぎようがいくらでもある。なにより食材が美味《うま》くなるから、毎日の食事に腕のふるい甲斐があった。

炊事にしろ洗濯にしろしかたなく覚えた作業で、木槻の家へくるまでは誰も代わってくれないからこなしていただけだ。一人になるまえ、母親と暮らしていたときだってしていたのに、どうしてこれほど気分が違うのだろう。

(考えるまでもない、か)

答えはすぐにでる。義務だとか当然だとかではなく、木槻が感謝してくれるし、喜んでくれるからだ。あの口下手な男が毎回律儀に言ってくれるから、照れくさくて軽く流してしまいつつも本当はものすごく嬉《うれ》しい。

案外、単純なものだと思う。それでも生活のために身につけたスキルが役にたつのなら、多少は報われたような気にもなれた。苦労したほうがいいなどとは絶対に考えないし、しなくてすむならしたくないけれど、してしまった苦労なら、せめて役にたつならいい。

「あっ、ごめん。ひょっとして起こしちゃった？」

家の中へ戻ると、木槻が起きてきていた。傍らには水の入ったコップと新聞、休日の朝の光景だ。ＰＣがあるならニュースなどブラウザで確認できるだろうに、木槻は紙面で読みたいらしい。

「いや、目が覚めただけだ。いい加減寝過ぎたしな」

「そう？　あのさ。いつも言ってるけど、座りこむまえに無精髭《ぶしょうひげ》あたってこいって。あんたそうやって座ってるとなかなか腰あげないんだからさ」

「どうせでかけないんだから、このままでいいだろう」

「むさ苦しいだろ。顔洗うなら、ついでにやっちゃえばいいのに」

おまえしか見てないのにだとかぶつぶつ言いながら、それでも木槻は洗面所へ向かう。実のところ、無精髭姿も嫌いじゃない。リラックスしているとわかるし、二割増しくらいさらにオトコマエに見えるなあなどと思ってもいるのだが、無精髭姿よりもっと、髭をあたっている光景が好きなのだ。

生まれてこのかた、家に自分以外の男がいた記憶がない。晶自身、体毛が薄いたちで髭などほとんど生えないから、木槻が毎朝髭をあたる様子がものめずらしくて興味深いのだ。タオルを渡すふりをして覗《のぞ》きに行こう。——と目論んだが洗面所のボックスにフェイスタオルはまだ残っている。なにか用事はないか、朝食になにを食べるかでも訊《き》こうか。ぐずぐず考えているうちに、木槻が居間へ戻ってきてしまった。

「……？　どうした」

「なにが？」

「こっち見てただろ。用でもあるなら遠慮なく言えよ」

まさか、髭剃りが見たかったなどとは言えない。

「あー、なんでもない。すっきりしたなと思ってさ。それより、朝メシ食うだろ？　今からつくるんでちょっと待ってて」

「急がなくていいぞ」

「うん」

木槻は首を傾《かし》げつつもそれ以上追及するのをやめてくれた。ほっとして、晶はキッチンへそそくさと逃げこむ。

「今日、なにか用事あるー？」

手は動かしながらも頭と口は暇だ。声をはりあげ気味にすれば居間までとどく。木槻に訊ねると、「今のところはない」と返事がきた。

「おまえは？」

「俺もナシ。昼寝しよっかなーってくらい」

朝だから手のこんだ料理をつくる必要もなく、量は多めであっさりした味つけにする。木槻もだが晶自身が大食漢だから、朝だろうが夕食だろうがたっぷりだ。

「パン何枚食う？　バケットだけど」

「三枚」

「りょーかい」

細かく刻んだ残り野菜に豆腐を入れたコンソメスープには、彩りが今一つだったのでコーン缶を足す。近所の美味《おい》しいベーカリーで買ってきたバケットはスライスしてコンビーフを載せてオーブントースターへ放りこんだ。

ツナでもいいが、せっかく休日なのでささやかながらの贅沢《ぜいたく》だ。そのまま食べるのも好きだが、オーブンで焼くとコンビーフの脂分が溶けてやたらと美味しくなる。他にも缶詰の類《たぐい》は便利なので、見つけるとあれこれ買いこんであった。

「もらいもののハムがあったな」

青山がほいほいと寄越すので、この家には高級食材がよく集まる。こちらは食べたいだけやや厚切りにしたものを表面だけ焼いて、目玉焼きに添えれば終わりだ。どちらかといえば目玉焼きが添えもののようだが、どちらでも食べるのは同じだから気にしない。

「足りなかったらパンとハムはまだあるよ」

「ん」

二人して食卓を囲んでの朝食。こんな時間はいいなと思う。休日のすごしかたではないけれど、いつもの慌ただしい朝とは違って雰囲気も食事自体も味わっていられる。

顔をあげれば木槻がいて、目があえばどうかしたのかと表情で訊ねてくる。特に話などなくて、ただこのゆったりした時間にひたっていただけだから、緩く首を振って応《こた》えた。

「こういうの、いいなと思っただけだよ。朝忙《せわ》しなくないっていいだろ？」

「まあ、今のうちはな」

「なにそれ」

「あと一カ月もすりゃ、朝から晩まで動きっぱなしだ」

年末は忙しいからな。その時期を思いだしたのか、木槻が眉根を寄せて言った。

「覚悟しておくよ。つっても俺にできる仕事なんかそんなにあるのかな」

「むしろ、そっちのほうが多くなるんだよ」

雑用の依頼が増えるらしい。言われてみれば時期的に想像はつく。

「そんじゃ、せいぜい体力つけないとなあ」

学校を辞めてから、運動らしい運動はしていない。身体《からだ》が細いのはもともと骨格が華奢《きゃしゃ》なのと、とにかく時間があればアルバイトを入れていたから、太る余裕などなかっただけだ。

「ジム行くとかスイミングとか、青山さんに勧められたんだけどさ。なーんかその気になれなくて」

体力の足りなさを嘆いていたら、青山にスポーツクラブを勧められた。熱心にというのでもなく、「運動したいなら」という程度だったが、そこまでしなくても、とつい腰がひける。

「法人契約してるジムがあるから、安いってくらいの話だろ」

「うん。あんたも使ってるの？」

「たまにはな。おまえと違って、こっちは放っておいたら体力なんぞ失せる一方だからな。適当に動いてないとまずいだろう」

中学途中まで、プールの授業では普通に泳げた。けれどもうあれからずいぶん経つし、はたして今でも泳げるかどうか。

「ふうん」

「ジムが面倒ならそこらを適当に走るだけでもいいんじゃないのか」

「そうだね」

夏は無理だがこの気候なら悪くない。どの程度で体力の足しになるかわからないが、早めに起きて走るのもいいかもしれない。

起きられれば、だが。

寝起きは悪くない。アラームの音で必ず起きるし、鳴らなくても時間になれば目が覚める。けれど起きられるのと寝ていたいのはまた別で、可能なかぎり布団でごろごろしていたいというのも本音だ。

「まあ、無理して体力つけなくてもいいだろう。そっちの要員はいくらでもいるしな」

「そうなんだけどね」

「全員同じ作業しなきゃならんわけでもないんだ。おまえにできる仕事を選べばいいさ。ウチは、そっちのほうが足りてないだろ」

「あはは、青山さんもそう言ってた」

事務作業というのか頭脳労働というのか、身体でなく頭と指を動かす作業にかかる人員が圧倒的に足りない。もともと抱えた人数自体多くないのだが、その大半が頭より身体を動かすのが得意ときている。頭の回転は早いくせに、じっと座って作業するのが苦手なのだ。データ入力やメールの発送、郵便での広告発送などコツさえ覚えれば単純な作業もあるのに、そもそも座りつづけるのが苦手だと断言されればどうにもならない。

「人数少ないだろ？　社員はあんた入れても四人だし、バイトの人たちってたまに長期でいなくなるって言ってた。なるべく、いろいろできたほうがいいんじゃないの、とかさ」

スキルはどれだけ多くても困らない。人手が足りないときに代理が務まれば、それだけ依頼を断ったり日延べしなくてすむだろう。だから晶としては、できるだけ多くの作業をこなしたいと思っていた。

「……今、意外と考えてるなって顔しただろ」

「あ？　いやなにも」

「いーや、考えてたね」

空惚《そらとぼ》けようとした木槻を、晶は目を眇めて睨《にら》んだ。

「どうせ俺は下っ端だし、よけいな心配するなって言われたらそれまでだけどさ」

晶は拗《す》ねて口を尖《とが》らせた。

「悪い」

「これでも早く一人前の戦力になれたらって思ってるんで、忘れないよーにね。社長」

「わかったわかった」

「あんたはすぐ俺を子ども扱いするからな」

「そうでもないだろ」

「過保護じゃん」

晶はいちばん下だし、木槻とは倍ほども年齢に差がある。しかたないのだろうが、ときどき苛《いら》つく。

「本当にガキだと思ってたら、手はださん」

木槻はしれっと言いはなち、最後に残ったバケットを齧《かじ》った。

「あっ、……そう」

日常の中にぽんと色事を持ちだされると、晶はつい狼狽《うろた》えてしまう。木槻はまったく気にしていないようで、形のいい歯でバケットを噛《か》みきると、最後まで綺麗《きれい》に平らげた。

「別にトシだけの話じゃないだろ。おまえは他よりバテやすいから心配にもなるし、それだけだ。仕事の差配なんざ青山に任せっぱなしで、俺もあんまり考えてないからな。そっちに目がいくのかって感心しただけだ」

「あんたは青山さんに任せすぎなんじゃないの。あの人やりたい放題やってるだろ」

「あいつのほうが向いてる。俺がよけいな気をまわすより、奴に任せるのがスムーズだろ」

木槻と青山は二人ともが創業者で、木槻に代表の肩書きはあるが、責任も権利も平等だ。

「俺は問題が起きたときに責任をとればいいだけだ」

「あっさり言うねえ」

誰か他の人間にすべて任せて、そのうえでトラブルだけをひきうけるなど、そうそうできるものじゃないのだろうが、木槻も青山も簡単そうにそれを言う。そうして彼らは口ばかりではなく、実際そうするのだろうと想像もできた。

(こういうところ、恰好《かっこう》よすぎてちょっと腹たつ)

人としての器というのだろうか。精神的におちついて成熟しているのを見せつけられたようで、翻《ひるがえ》ってバランスの悪い自分自身と比較してしまい、悔しいのだ。

「ごちそうさま。眠いんだったら片づけはやっておくから寝てきていいぞ」

「まだ平気だよ。今日暇だし、せっかくだから昼寝しようかなってだけ。なにしようかって迷えるのっていいよなあ」

席から立ち、食器を片づけようとすると、木槻が指で招いてくる。

「なんだよ。この距離なんだから呼ばなくたって聞こえるだろ」

文句を言いつつも、呼ばれれば近寄っていく自分がちょっと情けない。

「どうせ寝るなら、俺のところで寝ろよ」

「――――っ」

今、木槻はぜったいニヤついている。顔をあげられなくても、気配でわかった。

当然だがこれは、広いベッドをあけてやるという話ではない。

「さっき体力がどうこう言ってただろう。寝るまえにひと運動するのにつきあうが、どうする」

「あっ……、のねえ！　あれが運動のうちに入るかっていうかなんであんたそう、ときどき下世話になんのッ」

「下世話かどうかしらんが、一石二鳥ってやつじゃないのか」

「知るか莫迦《ばか》っ」

暇もつぶせるぞだとか暢気な声で言ってくる木槻の脚を、晶はがつっと蹴飛ばした。殴りたくても摑《つか》んだ皿で両手が塞《ふさ》がっているのが残念だった。

干した洗濯ものはまだ乾いていない。時間は余っている。昼寝しようとたくらんでいたのに、ああ言われては寝られない。

木槻は食べたあと、自室に戻ってしまった。さっきの誘いが冗談だったのかその気だったのか、晶には判別ができない。

「どーして平気であいうこと言えるかな」

ふだんは口数も多くないし言葉も巧《うま》くないくせに、そちら方面だけは平気だとか、どういう構造になっているやらさっぱりだ。

それとも、直截《ちょくせつ》な単語だから言いやすいのか。

「まったく」

同じ家に暮らし同じ職場に勤めているとはいえ、ほぼ朝出勤して夕方には戻れる晶とは違い、木槻の生活時間はまちまちだ。それほど頻繁に身体を重ねているわけでもなく、長いときは十日以上空いたりもする。二人ともに早めに戻ってこれて翌朝に忙しい作業の予定もなく、晶が疲れてもいないというタイミングはなかなかとりづらい。

晶としては多少疲れていても誘われれば断らないが、家でぐったり転がっているのを見られたり、きつめの仕事の前後だったりすれば、木槻に気遣われ呼んでもらえない。

誘うくらいだから木槻にもそれなりに欲はあるのだろう。けれど、晶と比べれば遥《はる》かに余裕のあるその様子が、どうにも悔しい。さっきだって、自分はどっちでもいいが、晶にその気があるならするか、というふうに、まるでどちらでもよさげだったのが気にいらない。

俺だって、したいときくらいあるんだけどなー……。

自分から誘えばいいのだが、情けなくもそちら方面は未《いま》だに初心者に毛が生えた程度で、どうすればいいかわからない。簡単に火がつくくせに、照れが先にたって巧く言えない。

欲しいのは俺ばっかりか、と拗ねかけもしたが、自分を痛めつけるだけなのでやめた。

暑苦しい夏はともかく、これから日一日と気温はさがっていくだろう。冬になったら、なにもしないでもただ一緒にくっついて寝られるだけでもいいなんて考えているくせに、いつ、どの機会に言えばいいか迷って、未だにそれすら話せていない。

（あーもう、俺ってこんなだっけ⁉）

ぐずぐず迷うのは性分じゃないはずなのに、どうしてこうなる。

結局のところ、あんな適当な言葉でその気にさせられたのが悔しくて従いたくないし、さりとていったん火がつくとなかなかおさまらない。いや、火がついたというほどでもないが、じわじわ遠火で炙《あぶ》られているような感覚だ。

「はー……」

とりあえず、寝る気は失せた。洗濯ものをとりこむにはまだ早い。夕食のしこみにも早すぎる、どころかまだなにをつくるかさえ考えてもいない。掃除でもしようか。

(って、ホントに趣味ないな)

あとは寝るか、本を読むか。テレビドラマは海外のサスペンスやミステリーもの以外ほとんど観ないし、今はこれといって観たい映画もないからDVDを借りにでるのも億劫《おっくう》だ。

なにもしないのは好きだ。あれこれ迷うのが贅沢に感じられていい。けれど今回の場合、とにかく観るなり動くなり他に気を逸《そ》らさないと、二階にいる木槻ばかりで頭がいっぱいになっておちつかない。

ゲーム、買うか?

和真のしたり顔が目に浮かぶが、悪くないかもしれない。だが今すぐ買いにいったところで、まず数多《あまた》あるタイトルの中からどれを選べばいいやらだ。

二階へ行くか、無視して「なにもない」予定どおりの休日をすごすか、どちらか決めればいいだけなのに、煮えきらない自分にすらだんだん苛々してきた。

――よし、もう襲ってやる。

やつあたりは原因をつくった本人にぶつけるにかぎる。決めてしまえば行動は早く、晶は勢いよく階段を駆けあがった。

寝ているかもしれないが遠慮はしない。ドアを派手に開け、それでも寝ているようなら無理やり起こしてしまえばいい。勢いこんで木槻の部屋へ行くと、当の男は机に向かって作業していた。

「どうした？」

「あ、……うん。仕事中だった？　ごめん」

「急ぎじゃないからかまわん」

木槻はキーを叩いていた手を止めた。

どうしたって言われてもなあ。

出鼻をくじかれて、勢いはすっかり削《そ》げてしまう。なにか用事はないか、この場をきり抜けるだけの都合のいい言い訳を探して、頭がぐるぐるする。

「たいした用じゃないから、いいよ。仕事続けて？　ああでも、休みに仕事ってほどほどにしないと老けるよ」

とっさになにも思いつかず、誤魔化《ごまか》すより他にない。

「この程度でいちいち老けるか。それより、昼寝するんじゃなかったのか」

「これから寝るよ。うっかり夕方まで寝てたら起こして。来週分のメシの買いだししたいし」

「わかった」

「それじゃよろしく」

部屋を訪ねた理由に気づかれたかとひやひやしたが、木槻にそんな様子はない。あれはやはり軽口で、言ったそばから忘れてでもいるに違いない。

ほっとしたやら残念やら複雑なまま、晶は自分の部屋へ戻ろうとした。

猛暑がすぎてからは、陽あたりのいい二階の部屋を使っている。エアコンはまだつけないままだが、冬になってから考えればいい。

「おやす――」

み、と言いおわるまえに、木槻が動いた。急いだふうでもないのに大股で数歩、晶に近づくと腕をひいてくる。

どきりと心臓が跳ねあがった。

「なんだよ？」

「起こしてやるから、ここで寝とけ」

「はあ⁉」

ぽすんと投げだされたのは木槻の使う広いベッドだ。

「あんた仕事してんだろ？　いいよ俺は部屋で寝るし。起こすの忘れても、急ぐ買いものじゃないから別に」

「寝るならつきあう、って言っただろうが」

なんだ、憶《おぼ》えていたのか。平然とした表情でいたくせに。

「そうだっけ」

今度は晶が空惚ける番だ。忘れているはずがなく、この部屋へ来た目的もおそらく気づかれているのだろうが、そんなものは関係ない。

「言ったんだよ。で、言ったからには実行しないとな」

「無理しなくていいけど」

口調こそ軽くしたが、これは晶の本心だった。

「するか阿呆《あほう》。だいたい、おまえ無理して勃《た》つのか」

「勃つかッ！　って、だからどうしてそうあんたはいちいち直球なんだよ」

じたばたもがいて抗ってみるものの、本気じゃないのは力加減でばれているだろう。晶は難なく木槻に押さえこまれ、間近に自分の男の顔を見た。

「そんなモン気どって言ったほうが気色悪いだろうが」

「だからってなあ」

文句を言っているあいだにも、木槻の手がＴシャツの裾から入りこんでくる。脇を撫でられて力が抜け、声が裏返る。

「ちょっ」

「往生際が悪い」

「寝る、って言った、だろっ」

ああもうずるい。どうしてこの男は簡単にスイッチを入れたり切ったりできるのか。おそらく晶が部屋を訪ねるまで、しようとは考えていなかったはずだ。階下でずっと狼狽えていた自分が莫迦ばかしくて腹がたつし、そのくせ触れてくる手に触発される。ここで突っぱねられればいいのに、できることといったら緩く足搔《あが》いているだけだ。

「終わったらな。眠いなら寝ててもかまわんが」

「できるかッ」

低い声で笑われるだけで、背中がぞくぞくしているのなんて知らないくせに。

晶はなんでこんな男に惚《ほ》れてしまったのかと、今さら自分にも毒づいた。

過保護だし口は巧くないし黙っていると不機嫌そうにしか見えないし、鈍そうに見えるのにちっとも素直じゃない晶の感情を察しているのかいないのか、先まわりして真綿で包むように甘やかす。揶揄《からか》いはするくせに、晶が本心から嫌がることは絶対にしない。

――惚れるにきまってるじゃないか、莫迦。

「なあ、おい」

「なんだよ」

面倒だから抵抗するなと言われるのはちょっと無理だ。素直に腕をまわすには状況が悪すぎる。木槻がなにを言うのかと身構えていると、彼は晶の前髪をうしろへと梳《す》きながらしてくる。

「おまえ、ここで寝ろ」

「しつこいって。だから」

「ああ、そうじゃない。暑くもないんだから、ふだんからここで寝ろって話だ」

「え？」

耳の付け根あたりにキスされて、晶はぎゅっと目を瞑《つぶ》った。ぶるっと慄《おのの》いてしまうのは、もう隠しようがない。

「触らんときでも、横で寝りゃいいだろう。ただ転がってるのも悪くない」

「………」

木槻に、いつ言おうかと思っていた。できたらいいのにと考えていたそのままを告げられて、晶は閉じた瞼《まぶた》をそろそろと開いた。

「一人でゆっくり寝たいなら止めないが、そうじゃないならここで寝ろ」

「……だって、あんた仕事してたりするだろ」

誰がいようと明かりがついていようと気にせず寝られるだろうが、作業している横で熟睡されるのは平気なのか。

「そっちは下ですりゃいいさ」

「なんで？」

「なんで、って。まあ、わざわざ別の部屋で寝るのもな。同じ家に住んでるなら、寝るのも同じでいいんじゃないのか」

「そう、なのかな」

ああもう。どうしてこうなんだろう。

晶が欲しがっているものを、あたりまえのように差しだしてくる。

本当に、なんて男だ。

「部屋はどっちでもいいが、おまえの使ってるベッドじゃ狭いしな。どうしてもっていうなら、移動させて――」

「いいよ、ここで」

晶は自分から身体を寄せて、木槻の胸元へ顔をすりつけた。すんと息を吸えば、いつも感じる木槻の匂いで身体中がいっぱいになる。

「ここでいい」

「そうか」

「うん」

少し待って、ふたたび動きはじめた木槻の手のひらに、もう抗わない。自分から腰を浮かせてボトムをおろすのを手伝い、Tシャツは自分から脱いで床に放った。

言葉以外のまるごと全部を木槻に委ねて力を抜けば、あとは熱があがる一方だ。

(ああ、そうか)

せっかくの休日だ。ランクアップした「昼寝」を堪能するのは他のなにより贅沢なのではないかと思えてくる。

「どうした」

「なんでもないよ」

キスをする直前、小さく笑ったのに気づかれて、木槻が訊ねてくる。晶は笑《え》んだまま首を緩く振り、自分から唇を近づけた。

あとがき

こんにちは、です。

暑い暑いと作中で晶が騒いでますが、直しているあいだ、私はもっと暑かったです。これ、最初に書いたのが十七年まえで（書いたのは春です）、そのころは今ほど夏も暑くなかったような記憶がありますですよ。いつからこうなった。

さて、今回は初単行本の文庫化ということで、懐かしいやら恥ずかしいやらです。当時の担当さん（今はもうなくなってしまったレーベルですが）に、最初はもう書いてあったものを本にしようと持ちかけていただいたんですが、書きおろしをさせてくれと自分から頼んで書かせていただいたのでした。ちなみに理由は、そのすでに書いてあったものというのが短くて、続きがまったく思いつかなかったから、なのですが。てへへ。

この長さの文章を書くのがはじめてで、どれくらいの内容が入るのかさえ手探り状態のまま、最初に書いたプロットは結局、ずいぶんカットするはめになりました（笑）。今なら、いやそれ入らないからってわかるんですけどね。

当時使いはじめたばっかりのＰＣで作業していて、百頁が一瞬で消えたのもいい思い出――のはずはなく、今でも思いだすと目のまえが暗くなりますが。

文庫化するにあたってあらためて読みかえしたのですが、粗いしやたら勢いあるしで恥ずかしさは満載だったのですが、懐かしいし楽しかったです。自分で言っちゃいますけど先が気になってがつがつ読んでしまいましたよ（もちろん内容は憶えてましたが）。

今ならこう書かないなあという部分も多々ありますが、なるべく当時の勢いとかキャラ観を削がないようにしつつ、ものっすごく直しました。自分で読むせいかもしれませんが、さすがに拙かったですね。少しは成長できていたらいいんですが。

同じく新書になっている続刊と番外の本も、このあとだしていただける予定です。それが終わったら続篇を、もう十年単位以来ですが書く予定なので、はじめましてのかたも懐かしくお手にとってくださったかたも、お気にめしましたら読んでいただければ嬉しいです。

この本はずいぶんと長いあいだ皆様に可愛がっていただけた本で、これをなかなか越えられなくて自分に腹がたったりもしたのですが、そんなものまで今は懐かしいです（笑）。できるのは一冊ずつ丁寧におとどけするだけなので、その中で気にいっていただける本やキャラクターがいたらいいなあと、いつもぼんやり思います。

新書の挿画をくださった佐々先生も本当に素敵な絵で飾ってくださいましたが、今回の麻々原先生もまた雰囲気が違ってとても素敵です……！　ラフや表紙を拝見して、恰好よくて幸せすぎてうろうろしています。

当時の担当様や編集部のかたがた、この本をだすにあたり尽力くださった現担当様や編集部のかたがた、いつもぐずるへこむの私の尻を蹴飛ばしてくれる友人たち、なにより本を手にとってくださる方々に、心から感謝します。

この本からはじまって、ずっと今まで読んでくださっているかたもおられて、あらためて、もっと面白い話を書かなくてはと身を引き締めているところです。

これがでる時期は九月で、やっと！　たぶん！　夏が終わってくれているはずだと祈りつつ、それでは、また。

（ついでに今度こそＰＣが壊れませんようにとも祈ってます。この二年で五台＋αはさすがに……ちょっと……）

坂井　拝

✦初出　ロマンティスト・テイスト………ラキアノベルズ「ロマンティスト・テイスト」（1997年8月）
ぜいたくな休日……………………書き下ろし

坂井朱生先生、麻々原絵里依先生へのお便り、本作品に関するご意見、ご感想などは
〒151-0051 東京都渋谷区千駄ヶ谷 4-9-7
幻冬舎コミックス　ルチル文庫「ロマンティスト・テイスト」係まで。

幻冬舎ルチル文庫
ロマンティスト・テイスト

2013年9月20日　第1刷発行

✦著者	坂井朱生　さかい あけお
✦発行人	伊藤嘉彦
✦発行元	株式会社 幻冬舎コミックス 〒151-0051 東京都渋谷区千駄ヶ谷 4-9-7 電話 03(5411)6431［編集］
✦発売元	株式会社 幻冬舎 〒151-0051 東京都渋谷区千駄ヶ谷 4-9-7 電話 03(5411)6222［営業］ 振替 00120-8-767643
✦印刷・製本所	中央精版印刷株式会社

✦検印廃止

ISBN978-4-344-82931-2　C0193　Printed in Japan

「幻冬舎ルチル文庫」

大好評発売中

坂井朱生

『ルビーレッドリボルバー』

イラスト

サマミヤアカザ

580円(本体価格552円)

『カジノ特区』として認められ、地価の高騰している地方都市。その街の大地主である山路家の若き当主・槙は、所有する土地を買いたいと押しかけてくる開発業者たちに追い回されていた。ある日、強引な業者に捕まっていたところを、謎の男・達見に助けられる。達見をボディガードとして雇うことになり、親しく付き合ううち槙は次第に心を開いていくが……。

発行●幻冬舎コミックス　発売●幻冬舎